極楽に至る忌門

芦花公園

角川ホラー文庫
24104

目次

頷き仏

バスに乗った時から妙な違和感はあった。

友人の籠生匠《かごおたくみ》。彼の祖母の家は最寄駅《もより》からバスで四十分かかると聞いていた。その最寄駅自体も一日で三十人くらいしか利用しない小さな無人駅だ。地元の繫《つな》がりは密で、誰もが顔見知りだそうだ。

「とにかく、みんな家族って感じ」

匠は自分の地元のことをそんなふうに話していた。

匠が大学に合格したときは、高校に垂れ幕が下げられ、花火まで上がったそうだ。志村隼人《しむらはやと》はそれを聞いた時、口には出さなかったが少し不気味だと思った。東京生まれ東京育ち、さらに生まれた時から賃貸暮らしだ。隣に住んでいる人間の家族構成さえ分からない。そんな隼人にとって、何もかも把握されている生活は、恐怖でしかなかった。

しかし、匠には、そのような距離感の近さのようなものは感じたことがない。訛《なま》りもないので、よく話すようになるまでは自分と同じように東京の出身だと思っていた。

匠は、むしろかなりドライな人間だと思う。

集団の中にサッと溶け込むのは得意だが、仲の良い人間は隼人くらいしかいないだろう。隼人と匠が仲良くなったのも、偶然だ。

そのときはグループワークで、人権について話し合っていた。話題が村八分のことになったとき、ちらほら、田舎への差別的な言葉が聞こえた。隼人は、自分が生粋の都民であるからこそ、そういった無神経な発言はしないように心掛けていたから、

「平成になってから十五年も経ってるんだから、田舎は閉鎖的でどうしようもないみたいな話するのやめよう」

というようなことを発言した。

それで、話題はそこから離れたのだが、話し合いが終わったあと、匠が声をかけてきたのだ。

「あのさ、さっきさ、村八分の話してたけどさ」

「ああうん、なんか、嫌だよな、行ったこともないのに、勝手に田舎はみんな排他的で〜みたいなこと言うの」

匠は少し気まずそうに笑って、

「ちょっとだけあるよ」

と言った。

そこで、匠は、自分が四国のかなり奥まった地域の出身であることを話した。

「みんな、悪気はないんだ」

と前置きして、自分の地域に住んでいた「吉野家《よしのけ》」のことを話してくれた。

吉野家は大阪から来た明るい一家だった。夫婦と、中学生の兄と小学生の妹。

元々匠の家の近くに住んでいた女性——吉野家の夫の母親に当たる人が体を壊して、農作業をすることができなくなったので、公務員をやめ、農業に従事することを選択したのだという。地元ということもあってか、一家は土地に馴染《なじ》んでいるように見えた。

きっかけになったのは、交付金制度だった。

「交付金制度？」

「うん。都会の人はまったく知らないだろうけどね、中山間地域の農村を支援するために、農地の面積や傾斜に応じて国から交付金が支払われる制度があるんだよ。吉野家は、それを受け取ることができなかった。元を正すと、吉野さんのお母さんが、口約束で別の人に田んぼを貸してたんだ。その人が受け取ってたみたいで。名義上は吉野家のものだから、市に問い合わせたみたいなんだけど、まあ、田舎だからさ。役所の人も『地域で決めるものだから』って方針で」

「それは……ちょっとひどいな。直接交渉できなかったのかな」

「もちろん、吉野家のお父さんは集落の会合で何回か、土地を返してくれって訴えてたよ。でも、それが良くなかったんだ。『都会から来て偉そうにしている』って言われるんだ。今までうまく回していたものを、と思われちゃうんだ。それでなったんだよ。村八分」

隼人が眉《まゆ》を顰《ひそ》めると、匠は自虐的な笑みを浮かべた。

「一番ショックだったのはさ、おばあちゃんが……俺にとっては、本当に優しいおばあちゃんだし、東京に行くの応援してくれてたのも、おばあちゃんなんだけどさ……おばあちゃんがさ、『都会から来て好き勝手してたらこうなるのも当然なのに』って言ったことだよ。俺、そのときはもう、大学でこっち来てたから、伝聞だけで、実際吉野さんがどうだったかは分かんないんだよ。もしかしたら、地元の人のこと、馬鹿にした感じだったのかもしれないし。それでもさ、なんか、帰省したとき、俯《うつむ》いて歩いてる吉野さんとこの子ども見ちゃってさ……すげえ、嫌だった」

吉野家は結局、また大阪に戻ったらしい。

「それで、なんで俺にそんな話してくれたの？」

「ううん、なんていうか、志村君は、田舎のこと、馬鹿にしなさそうだから」

匠は天を仰いで言った。

「何が原因かとか、誰が悪いとか、ないんだよきっと。でね、俺は地元のことがすごい好きだし、みんな家族だと思ってる。思ってるんだけどね、あの人たちの家族になれない人が、どういう目に遭うのかも、分かってるんだよね」

「そうか……」

隼人は、やはりどうして匠が急にそのようなことを話しかけてきたのかは分からなかったが、何らかの信頼に足る人物だと思われたことは純粋に嬉《うれ》しかった。

　このやりとりがきっかけで、隼人は匠と毎日のように話すようになった。

　生まれ育った環境は違うし、趣味もそんなに合うわけでもないのに、妙に居心地が良かった。匠は他人を否定しないからかもしれない。

「あのさ、実家に帰省するんだけど、付いてきてくれない？」

　急にこんなことを提案されたときも、隼人は動揺しなかった。匠の頼みなら聞いてやろうと思っていたが、一応理由だけ聞くと、

「おばあちゃんが、仲良しを連れてきたらいいって言ってきたんだけど……ダメかな」

　仲良し、という言葉は、少し照れ臭かった。しかし、悪い気はしない。

　そしてそこで初めて、隼人は匠の家族構成を知った。

　匠にとって近い親戚《しんせき》はもう祖母しかいないらしい。

「生まれた時から父親はいなかった。死んだのか、出て行ったのか、分かんない。近所の噂も半々」

「そんな噂……」

「だからさ、あんまり悪気ないんだって。とにかく、近所の人のことが気になるんだよ。それで、所謂《いわゆる》、女手一つで？　って感じで。もちろんおばあちゃんも助けてくれたけど、基本的に母親が一生懸命働いてくれて、育てられたんだけど、大学の合格決まって、入学準備してる最中に、死んじゃったんだ。病気とかはなかったんだけど、頑張って働い

てたから、頑張りすぎちゃったのかも……」

思わず隼人は匠の肩を抱いた。なんだか、とてもつらいことを無理やり話させてしまったような罪悪感があった。

匠は柔らかく笑って、

「大丈夫大丈夫。今でも思い出すと確かにちょっと悲しいけど、もう過去のことだから」

隼人は、髪を切り、清潔感のある服を買い、見た目を良く見せようと努力した。母と姉に女性の好きそうな菓子を聞き、東京駅で買い込んだ。匠の祖母に、「東京でこんなに素敵な仲良しができた」と思ってほしい。

これは庇護欲《ひごよく》だ。

匠と隼人がかなりの時間行動を共にしていると、心無い言葉をかけて来る人間もいる。匠を「カノジョ」と呼んでみたり。

しかし、そんなものではない。匠は色が白く、華奢《きゃしゃ》と言えば聞こえはいいが、どう見ても貧弱で、見た目どおり食も細い。そんなふうだから、ますますパブリックイメージの田舎の人間には見えず、隼人も最初、都会の人間だと思っていたわけだが――匠の母親が死んでしまった、というのも、匠に似た弱々しい人間では無理もない、などと思ってしまう。

そういうわけで、今、隼人は、バスに揺られている。

匠はバスに乗り込んだ時、ハッとしたような顔をして会釈をした。匠の視線の先には、花柄の前掛けをつけた老女がいた。

しかし、老女は、それを無視した。気がつかなかったというふうではない。明らかに、目を逸《そ》らしたのだ。

匠は一瞬傷ついたような顔をしたが、黙って二人掛けの席に座り、隼人に隣に座るように促した。

四つ先で老女が降りていくと、

「あの人、野崎《のざき》さん。よく家に来て、自分の家で採れた野菜とか、それで作った料理とか差し入れてくれた人なんだ。小さい頃は、よく一緒に遊んでくれて……でも、忘れちゃったのかな。俺、結構背も伸びたし」

「いや、お前はずっとチビだろ」

冗談めかしてそうは言ったが、まったく笑えなかった。

匠が話していた「吉野家」のことを思い出す。

ある一つの臆測《おくそく》を、隼人は真実として確信しつつあった。

ほぼ間違いなく、匠の祖母は、この土地の人間と揉《も》めている。

だから、野崎は孫の匠のことを無視するのだ。

野崎だけではない。バス停にいたときも、バスに乗り込んだ時の乗客も、一切匠と目を合わせようとしない。野崎ほど仲良くなかったにしても、「みんな家族」という言葉が本当なら、大学進学までこの土地に住んでいた人間が帰ってきたら、声くらいかけるのではないか。

「隼人はこんな景色見たことないでしょ」

そう言って匠は、窓の外の風景を眺める。確かに、見渡す限りの田畑は隼人にとって新鮮だ。しかし、そんなものはどうでもいい。

バス停に停まり、新しい乗客が乗ってくるたび、隼人の臆測は確信に近づいていく。

誰も声をかけてこない。それどころか、目も合わない。

全員が全員、お通夜のように下を向いてしまう。

そう、お通夜だ。

「大丈夫か？」

そう聞いても、匠はいつもどおり、柔和な笑みを浮かべる。

「え？　どう考えても俺の方が隼人より長距離移動に慣れてるでしょ」

「いや、そういうことじゃなくて……」

隼人はそれ以上、何も言えなかった。ここで何かを言うべきではない。誰が聞いているか分からないのだから。

バスの電光掲示板が匠の実家の最寄《もより》バス停の名前を表示する。匠は立ち上がり、扉が開いたと同時に飛び降りた。慌てて隼人も後に続く。バスの運転手すら何も言わない。

やはり、何かがおかしいのは明白だった。

長いコンクリートの塀がずっと続いている。

「ここだよ」

ふと、匠が立ち止まった。

『籠生』という表札がついている、木造の平屋だ。田舎だからか、それなりに大きい。しかし、お世辞にも新しい建物には見えない。

匠は玄関を開ける。やはり、鍵《かぎ》はかかっていないようだった。

「おばあちゃん、ただいま」

奥からぱたぱたと足音が聞こえて、年配の女性が出て来た。紺色のシャツに、黒いズボンを合わせている。華奢で小さくて色白。匠の容姿は彼女譲りなのかもしれない。

「匠、おかえり」

匠の祖母は匠に似た顔に笑みを浮かべ、視線を隼人に移す。

「匠のお友達？」

「あっ、はい、志村隼人と言います。匠くんとは大学で仲良くさせてもらっています。これ、つまらないものですが」

「あら、そんな、ええのに。申し訳ないわねえ」

彼女は嬉しそうに菓子を受け取り、再び紙袋にしまい込んだ。そして隼人を見て、

「素敵やねえ、都会の子は、シュッとしてて」

「都会の子っていうより、隼人がシュッとしてるんだよね」

祖母と孫の和やかな会話だ。変わった様子はない。

もし、隼人の臆測どおりなら、もう少し憔悴《しょうすい》していてもおかしくないが——

「ほらほら、上がってちょうだい」

「あっ、失礼します」

匠の祖母は久しぶりに孫に会えたことが嬉しいらしく、声が弾んでいる。やはり、村八分にされた可哀想な老人には見えなかった。

食事の準備を手伝うと言っても固辞されたので、隼人は匠の部屋で過ごすことになった。時間まで自由に過ごしていいということだったが、外出しても特に何もすることはないからだ。

「この辺、本当に、何もないんだ」

その言葉どおり、匠の家の周辺は竹林に囲まれていて、隣の民家もかなり離れている。

「小学校にも中学校にも高校にも、すっごい時間かけて通ってた」

アルバムを見せながら匠は言う。

写真には、無邪気に笑う幼少期の匠と共に、小柄で色白の女性が写っている。

「これ、お母さん？」

「うん。そう」

親子三代でよく似ているな、と隼人は思った。

キキキ、と聞いたこともない動物の鳴き声が窓の外から聞こえた。

「なあ、すっごい失礼なこと言ってたら申し訳ないんだけどさ」

「なに？」

「お前、ここから東京出てくるの、すっげえ苦労したんじゃないか？」

「ううん？」

眉《まゆ》を顰《ひそ》める匠に、隼人は慌てて言葉を付け加える。

「いや、田舎を馬鹿にしてるとかじゃねえんだ。だけどさ、やっぱり、学習環境的なハンデみたいなのはあると思うよ。だから、努力したんだなあと」

匠はもう一度ううん、と言った後、

「努力……まあ、そうだね、あったかも。でも、それは、母親もおばあちゃんも、昔からずっと、ここからは出て行った方がいいみたいなこと言ってたからね」

俺は地元嫌いじゃないよ、と匠は言った。

「ただ、前にも話したことあるだろ。やっぱり、上の世代的には、俺もそういうふうに染まっちゃうのが嫌だったんじゃないかな。価値観の問題だし、どっちが悪いって言うんじゃないけど」

「そうか……」

バスの中の様子を思い出す。匠の祖母や母親が東京に出ろと言っていたのは、あのような目に遭うからなのだろうか。

「匠、隼人君、ご飯よ」

隼人の思考は強制的に止められた。

匠と一緒に、居間へ行く。

煮魚と、みそ汁と、豆苗《とうみょう》の炒《いた》め物。それに茹《ゆ》でたインゲンと漬物がある。

「美味《おい》しそうだ」

「あらあ、ありがとう。都会の子には、こんなもん、地味でしょうもないと思われるかもしれんけど」

「いや、そんなことは」

「おばあちゃん！」

匠が隼人の言葉を遮って言った。

「都会都会って、ちょっと感じ悪いよ。そんなこと言われたって、隼人が困るだけだろ」

「そうねえ、ごめんねえ」

匠の祖母は拝むように手を合わせて、ぺこぺこと頭を下げた。

「すごく美味しそうです。いただきます」

取り立てでものすごくうまいということはない。しかし、気まずさから、隼人は必要以上にうまいうまいと言って白飯と共にかき込んだ。

匠の祖母はにこにこと微笑みながら、じっと二人の食うさまを見ていた。

茶碗《ちゃわん》の中の米が半分くらいになった時、匠が箸《はし》を置いて、

「あのさ」

と言った。

「あ、なあに？」

「あのさ、なんか、この辺、様子変わった？」

普通の会話だ。しかし、隼人の胸はざわついた。

もしかして、とうとう、言われるのではないか。

近隣住民と揉め、村八分になった。そういうふうに。

隼人がいるから、そのような話はしないかもしれない。だとしても、何かしらの反応はあるはずだ。

隼人は嫌な顔をされない程度に、ちらちらと彼女の顔を窺《うかが》った。

「ああ、まだ言うてなかったわね」

祖母はなんでもない、という顔で、

「頷《うなず》き仏をね、家に近づけたのよ」

「ああ、そうなんだ……」

匠の声が少し震えている。

「そう、なんだ……」

そう言ったきり、匠はふたたび箸を取ることはなかった。

手を机の下に降ろし、俯《うつむ》いている。

一体どうしたんだ、と聞きたくても、何も言える雰囲気ではない。散々迷って、考えを巡らせて、隼人は絞り出すように、

「頷き仏って、なんですか？」

そう聞いた。

匠は何も答えない。その代わり、祖母がつらつらと話す。

「都会の……ごめんなさい。隼人君には、ちょっとおかしいふうに映るかもやけど、所謂《いわゆる》、民間信仰、ゆうやつよ」

頷き仏というのは、道祖神のようなものであるらしい。仏という名前が付き、呼ばれているが、仏教のものではないようだ。奈良の大仏、鎌倉《かまくら》の大仏、牛久《うしく》大仏――など、あれらの仏像とは見た目が大きく違っている。

「ぱっと見、お地蔵さんよ」

簡易的な屋根と囲いのあるお堂に、童話の笠《かさ》地蔵のように、何体か並列しているものだ、と彼女は言った。ただ、近づいてみると、地蔵とも違って、小さな子供のような形なのだと。

昔、重税に苦しめられた農民や、姑《しゅうとめ》や夫からひどい扱いを受けた妻などが頷き仏の前に行って祈ると、まるですべてを肯定するかのように優しく頷いた、というのが名前の由来らしい。以降、悲しい思いをしている庶民たちの信仰の場になったのだとか。

「俺も、昔、何度か、手を合わせたよね」

匠がぼそりと言った。

「そうそう。いつもありがとうございます、言うてね」

「お願いとかはしないんですか」

「しないわねえ。ただ、いつもありがとうございます、って言うだけよ」

「なるほど……」

古き良き文化、のようなものを隼人は感じた。

創作物のように、おどろおどろしい因習や迷信ではなく、ただそこにいて、見守っている神への信仰。

「おばあちゃんは、昔から、雨の日も風の日も、って感じだったもんね」

「へえ、信心深い、っていう感じですね」

隼人が言っても、何故か二人とも黙り込んでいる。

何かまずいことを言ってしまったのだろうか、と思って二人の顔色を窺おうとしても、匠は相変わらず無表情で俯いており、祖母は黙々と食事を口に運んでいた。

信じられないほど気まずい食卓だった。

隼人は目の前の飯をかきこみ、「ごちそうさま」と言った。「美味しかったです」とも。

しかし、気まずい沈黙は終わらなかった。

一時間にも感じたが、実際には十分くらいだった。

突然、匠が席を立ち、

「俺、ちょっと見て来る」

と言った。

「えっ、何を……」

「ちょっと、外」

「えっ」

祖母の方を見ても、何も言わない。空《から》になった器の前で、じっと座っている。

「えっ」

「じゃ、じゃあ、俺も……」

「隼人は中にいて」

匠はきっぱりとした口調で言った。匠にここまで強く言われたことがなかった。隼人が動揺している間に、匠はサンダルをつっかけて、勝手口から外に出て行ってしまった。

「あの、じゃあ、俺、片づけ……」

「隼人君は」

皿に指をかけた状態で急に呼ばれ、思わず皿を落としそうになる。

匠の祖母は、真剣なまなざしで隼人を見ていた。

「隼人君は、ご家族と仲がええの？」

「あ……はい、そこそこ。結構、仲はいいかと思います」

戸惑いながらも答えると、祖母は「そう」と短く言った。

「ほならさ、例えばの話よ。宇宙人が攻めてきたとしてさ」

「う、宇宙人!?」

突然何を言いだすのか。

驚いて聞き返しても、表情はまったく変わらない。

「例えばの話って言うとるでしょ。地球に、宇宙人が攻めてくるんよ。絶対に敵《かな》わないの。自衛隊でも、アメリカ軍でも、絶対に敵わんくらい強いんよ。ほんでな、宇宙人は言うの。『もし、どこかの家族をひとつ渡すなら、これ以上は何もしないで星に帰ってやる』って。ほんでな、あなたのお父さんが、それを聞いて、『これから俺たちがあいつらのところに行こう。それで地球は救われるんだから、別にいいだろう』って言うの。ほしたら、隼人君はどう思う？」

「ええと……」

「宇宙人は、それはそれは残酷に地球人を殺すの。だから、あなたたち家族も、きっと無惨に殺されてしまうの。それでも、お父さんは決まったことだから、と言うの。あなたは、お父さんを恨むかしら？　それとも、素晴らしいことをしたと、勿論《もちろん》ついていくと言えるかしら」

隼人は何も答えなかった。答えられなかった、が正しい。

目の前の老人が恐ろしくなった。

こんな意味不明なことを聞いてくる老人と二人きりにされてしまった。心の中で、匠帰ってきてくれ早く、と祈る。

しかし、黙っていても、この時間は終わらないようだった。

匠の祖母は、丸い目を大きく開き、じっと隼人の答えを待っているのだ。

「俺は」

その時だった。

廊下に置いてある、ピンク色のダイヤル式の電話がけたたましく鳴った。

「あ、電話だ。俺、出ますねっ」

隼人は逃げるように立ち上がって、廊下まで歩を進めた。

「出なくてえい！」

祖母が怒鳴ったのと、隼人が受話器を耳に当てたのはほぼ同時だった。

『ととをくうちょるんですよねえ』

「はあ？」

挨拶《あいさつ》も無しに相手が意味不明な問いかけをしてくる。何を聞かれているのかも分からないから、自然と返答もぶっきらぼうになる。

相手は隼人の様子など気にも留めず続けた。

『ととを、くうちょるんですよねえ』

電話口の相手の顔は見えない。ただ、声の調子から、にやついているのは分かる。悪意を持って。

ついさっきまで目の前の老人を不気味だと思っていたが、その感情は消える。代わりに、怒りが湧《わ》いてくる。

やはり、村八分になっていたのだ。

これが、嫌がらせか、と思う。

彼女がおかしくなるのも当たり前だ。

嫌がらせを受けて、おかしくなって、あんな変な問いかけをしてしまったのもそのせいだ。

「ふざけんなよ」

隼人の喉《のど》から絞り出すような声が漏れた。

「ふざけんな、お前、誰だか知らねえけど、おばあさんにこんな下らねえことして」

「やめてっ」

遮ったのはほかならぬ匠の祖母だった。

「もう聞かなくていい、切ってっ」

悲鳴のように言う。隼人は怯《おび》える彼女の様子を見て、ますます許せなくなった。再び、電話口に向けて怒鳴る。

「てめえ、どこの誰だよ」

『まわりまわりのこぼとけはぁ』

やめてえ、やめてえ、と繰り返している。

『なぁぜにせがひくいぃ』

電話の主は嘲《あざけ》り混じりに歌っている。

『おやのたいやにととくうてえ、そおれでせがひくいぃ』

ブツッと、脳に響くような音がした。

匠の祖母が受話器を奪い取り、強制的に電話を切る。

「やめてって言うたがでしょう!」

「ご、ごめんなさい……」

祖母ははあはあと荒く呼吸をしてから、よろよろとした足取りで居間に戻り席に着く。

「ごめんなさい、勝手なことして……でも、俺……」

「もうええから」

弱々しいが、有無を言わさない口調だった。

「もうええから、食べ終わったんやから、お風呂《ふろ》に入りなさい」

「あの、匠は……」

「あの子のことは、ええから。あなたは、お風呂に入りなさい」

隼人は頷《うなず》いて、食器を重ね、シンクまで運ぶ。

不気味な声だった。年寄りというよりは、むしろ若者に近い男だ。悪意しかない、粘着質な声色。バスの中に若者はいなかった。匠の話では、学校もかなり遠かったと言うから、このあたりには若い人間自体ほとんどいないような気もする。年寄り連中が嫌がらせのためにわざわざ若者を雇って電話をさせたのだろうか。あるいは、声を変える機械を通して喋《しゃべ》っているとか——しかし、そんな複雑なことが可能なのだろうか。

そこで隼人の思考は中断された。

祖母が、隼人の顔をじっと見ている。

責められているような気分になって、「ごめんなさい」と再び呟《つぶや》き、廊下に置いてある鞄《かばん》を取りに行く。


回り回りの小仏。

柳田國男《やなぎたくにお》の著書で見かけた記憶がある。

これは所謂《いわゆる》当て者遊び、というジャンルのもので、歌と、人を選ぶという手順があるから、かごめかごめと似ているらしい。遊んだことはないが、今でも本に書かれていたイラストを思い出すことができる。

回り回りの小仏は
何故に背が低い
親の逮夜に魚《とと》食うて
それで背が低い

よく考えると不気味な歌詞だ。

逮夜というのは命日や忌日の前夜のことで、いかにも不吉だ。魚を食べたところで一体なんなのかと思うが――かごめかごめといい、わらべ歌は怖いものが多い。だから、この不気味さは、歌が本来持つもので、無性に不安になってしまうのは、ただの勘違いだ。

ただの、田舎の、下らない、嫌がらせ。

自分で自分に言い聞かせる。

そして、いちいち田舎だの、都会だのに拘《こだわ》ってしまうこと自体、良くないことだ、と恥ずかしくなる。知らず知らずのうちに、もしかして、田舎を下に見てしまっているのではないか。

大学にも「東京の人間は冷たい」とか「東京のご飯は美味《おい》しくない」とかわざわざ言う地方出身の人間や、逆に、「田舎の奴はすぐ祟《たた》りとかのせいにするんだろ」など田舎についてのひどい偏見を吐く、ずっと都会で暮らしてきた人間がいる。

住んでいるところだけで個人のパーソナリティを決めつけるなんて恥ずかしいことだ。出身地は違えど、隼人と匠は、そういう価値観を共有できたからこそ、親しくなったのだ。

「匠、どこにいるんだよ」

脱衣所で服を脱ぎながら、そう呟く。

匠の祖母はああ言ったが、風呂から出ても帰ってきていなかったら、このあたりだけでも捜してみようと思う。

隼人は息を止めて、風呂に頭まで浸かり、十秒数えた。

小さい頃、母が言っていた。

「嫌なことがあった日はね、お風呂にザブーンって浸かるの。それで、十秒間お湯の中で、『今日のことは忘れる』って唱えてから頭を出すと、スッキリするよ」

アルバイト先に遅刻したとき、課題のことで先生に怒られたとき、彼女と喧嘩《けんか》をしたとき——隼人は大学生になっても、必ず母の言うとおりのことをしていた。そして、そうすると、本当に少し気分がマシになるのだ。

今日のことは忘れる。

今日のことは忘れる。

今日のことは忘れる。

心の中でそう唱え、勢いよく立ち上がる。

電話のベルだ。耳が、その音を拾う。

気のせいではない。また、電話が鳴っている。

否《いや》でも応でも、あの不気味な声を思い出す。せっかく忘れようと思っていたのに。

隼人は大きく溜息《ためいき》を吐いた。

洗い場で、緩慢に体を流し、風呂場の内扉を開ける。年代ものの曇りガラスの扉は、きゅうきゅうと嫌な音をたてた。

髪の毛をタオルで乾かしている最中に、ふと違和感に気づいた。

電話が鳴っている。

まだ鳴っているのはおかしい。

いい加減、匠の祖母が取るはずだ。

匠の祖母は隼人に先に風呂に入るように譲ってくれたから、まだ起きているはずだ。

万が一うとうとするようなことがあっても、ここまでやかましく鳴りつづけていたら誰でも目が覚めてしまうはずだ。

不安が止まらない。

隼人は髪から水がしたたり落ちるのも構わず、上半身裸のまま廊下に出る。

大丈夫だ、と言い聞かせる。あんな変な電話があったから、今日はもう電話を取りたくないだけだ。だから、自分が出ればいいだけのことだ。

大丈夫だ。大丈夫。大丈夫。

電話の置いてある場所に辿《たど》り着くには、居間を突っ切る必要がある。

「あのお、電話」

隼人は——安心するために、誰かの声が聴きたくて、そう言いながら扉を開ける。

大丈夫だ。

大丈夫。

大丈夫。大丈夫。

体の全身から、力が抜けていく。足に力が入らない。床に座り込む。

目の前の光景を信じたくない。

するべきことは分かっている。それでも、立ち上がることができない。

靴下を穿《は》いた、小さな足の裏が見える。

「おばあさん」

返事はない。

電話が鳴っている。

※

何一つ考える気にならない。

隼人にとって、さっきまで話していた人がいなくなるのは初めてのことではない。

五歳下の妹が、隼人がまだ小学生の時に亡くなっている。

五歳を迎える前日に、デパートで少し目を離した隙に行方不明になった。

後日、妹は、二つ隣の県の山林の中で死体で発見された。変質者に襲われたのだということになっている。今でも地元の子供たちに、子供を狙った恐ろしい事件として語られているらしい。

最後に妹を見たのは隼人だった。

まだ幼い妹は歩くのに疲れてしまい、ひどくぐずった。もう歩けない、一歩も歩けないと言った。隼人がそんなことを言ったら、我儘《わがまま》を言うなと叱られたのに、妹がそう言っても、何故か許されていた。そんな妹が妬《ねた》ましくて、隼人は言ったのだ。「分かった、もう置いてくよ、バイバイ」そう言って、わざと背を向けた。

それで、振り返ったら妹は消えていた。

誰も隼人のことを責めなかった。隼人自身も、自分のせいで妹が死んだのではないと分かっている。

それでも、もしかして、何かできたのではないかと思っている。今も。これからもずっと思うだろう。

今も、同じ気持ちだ。

もし、もう少し早く風呂《ふろ》から上がっていたら、あるいは、匠が帰るまで待ちますと言って居間に居座りつづければ、手遅れになる前に救急車を呼ぶことができて、彼女が死ぬことはなかったのではないかと。

考えても無駄なことばかり考えてしまう。

いずれにせよ、匠の祖母は亡くなってしまった。

彼女が搬送された先で死亡が確認されたことは、驚くことに次の朝には近所中に知られていた。

匠と同じ苗字《みょうじ》の人間がどやどやと家に訪れ、色々と質問された。

隼人は何も答えられず、

「俺は匠に連れて来られただけで……」

とお茶を濁した。相手は納得していないようだったが、本当に、連れて来られただけで、何も分からないのだ。肝心の匠も、未《いま》だに帰って来ない。

質問攻めが終わり、匠の親戚《しんせき》らしき連中が、事務的な処理をてきぱきとこなしているのを眺めていると、恰幅《かっぷく》のいい中年男性に「おい」と声をかけられる。

「あんた、なんもせんでぼうっとして。ほんな暇があるんやったら、ここへ電話してください」

そう言って渡された紙には「緊急連絡先」という文字が印刷されている。その下に、『籠生和夫《かずお》』という人間の名刺が貼ってあった。

「これ、匠くんのお母さんのお兄さんです。たしか、東京の会社で働いとるらしいわ。あんたも東京から来てんから、話も弾むと思うわ」

言葉の端々になんとなく嫌なものを感じた。東京に長くいることだけで、話が弾むわけはないが、そういうことではない。この男は、和夫に対して反感を抱いている。そう感じ取った。

和夫の会社に連絡をすると、和夫は海外に出張している、確認が取れたら折り返し電話させると言われた。その一時間後、和夫から電話がかかってくる。その頃には、親戚連中もいなくなっていた。

「もしもし、ええと……」

「志村隼人と申します。匠くんの友人で、彼に誘われてこちらのご実家にお邪魔しているんですけど」

隼人がかいつまんで説明すると、

「本当にすまないね。君は、遊びに来てくれただけなのに……そっちに戻れるのはどんなに早くても明後日《あさって》だ。できれば、どうかそれまでいてくれないだろうか」

隼人は少し迷ったが、「はい」と答えた。予定ではあと三日滞在することになっていたから、問題はない。それに、単純に気になることがあるのだ。

「それで、まだ匠が帰って来ないんですが……和夫さんは、心当たりとか、ありませんか」

「ううん……恥ずかしながら、親族と反りが合わなくてね。匠と会っていたのも、ほんの小さい頃だけなんだ。だから、心当たりはないかな」

そう言って和夫は話を切り上げようとする。

「あ、あの」

「なんだい？」

「なんか、誰も匠を心配してなくて。それに、なんか、みんな、様子がおかしくて……その、言いにくいんですけど、この家の人は」

「ごめんね。何度も言うけど、そちらの人間とは折り合いが悪くて、ほとんど分からないんだ。申し訳ない、仕事に戻らなくては。勝手なことを言ってすまないが、到着するまでよろしく頼むよ」

隼人が次の言葉を発する前に電話は切れてしまった。

とりあえず、頭の中を整理するために、椅子に腰を下ろす。

「あっ、ちょっとあんた、言い忘れてたけど」

思わずわっと声をあげて飛び上がる。

柱の向こうから、先程の年配の男性が顔を出していた。

鍵《かぎ》がかかっていないから、匠の家は完全に出入り自由になってしまっている。

「なんやお兄ちゃん、けったいな声出して」

年配の男性はひとしきり嗤《わら》った後、机の上に紙の束を投げた。

「これ。一応来るやろ？　葬式。場所とか、手順とか、書いてあるけん」

ははは、とわざとらしく大笑いしながら出て行ってしまう。後ろ姿に「田舎者」と怒鳴りつけてやりたいと思ったが、意外にも親切なのかもしれない。

葬儀は宗派によって作法が違う。

とりあえず隼人はそれを熟読し、葬儀に備えた。

少し驚いたことがある。近所の人間が全員、かなり同情的な態度を見せたことだ。

隼人が気分転換に外に出て散策していると、どこからともなくこの土地の住人が寄ってくる。

そして顔を歪《ゆが》めて、「辛《つら》いろう」と言ってくる。困ったことがあれば、頼ってきてくれと言う者も少なくなかった。

嫌がらせをしたのは、間違いなく彼らの内の誰かなのに。

村八分というのは、放置していると共同体にとって害になりうる場合だけは、例外的に関わってきてくれるものだそうだが、そういう問題でもない。

匠の祖母を辛い目に遭わせたことは、直接的ではないが、死の原因の一つだ。少なくとも隼人はそう確信している。だから、なんらかの反応があると思っていた。

少しでも良心の残っている者なら気まずそうにするだろうし、悪意のある者ならニヤニヤとこちらがどんな表情をしているのか窺《うかが》ってくるかもしれない。

しかし、誰も彼も、本当に悲しそうな顔をするのだ。

「俺は匠の友達で……たまたま居合わせただけなので……」

「ほうなの……辛い目に遭ってしまったねえ。可哀想に」

ひょっとして、すべて自分の勘違いだったのだろうか。混乱しながら、ほとんど回っていない頭で考える。ここの住人が何かおかしいというのは勘違い。

しかし、そんな考えは、いつも一つのことで止まり、また振出しに戻る。

回り回りの小仏。

あの不気味な電話だけは、「勘違い」ということにはできない。

誰かが、なんらかの——いや、悪意を持ってかけてきた電話。

誰がかけてきたか突き止めたい。そして、そのようなことをした責任を取らせる——までいかなくとも、どういう意図があったのかくらいは聞きだしたい。

隼人は完全に部外者かもしれないが、少なからず憤りを感じているのだ。あの弱々しい老人を辛い目に遭わせたこと、そして匠を心配する素振りすらないことに。

次の朝、また我が物顔で出入りしている男性に匠の行方を聞いた。すると「もう警察には言った」と言う。信用できなかったから、隼人も自身で連絡してみる。予想に反して本当に連絡を受けており、捜索中だと言う。

「でもなあ、匠くんが小さいころも、こういうことはあったけん。お友達さんも心配せんでええんやないかね。大方、山におりますけん。今日は、美津子《みつこ》さんのお葬式もあるろう」

山にいるというのは、きっと匠は小さい頃、このあたりの野山を駆け回っていたということなのかもしれないが、大学生になってまで、そんなことをするだろうか？

長閑《のどか》、とでも言えばいいのかもしれないが、あまりにも緊張感がない様子に、隼人はそれ以上何も言えなかった。

男性が置いて行ったサイズの合わない礼服を着用し、セレモニーホールに向かう。行く途中ちらちらと視線を感じたが、これは「よそ者」に対する警戒の視線であって、それ以上の悪意は感じなかった。

「遺影はどちらにありますか？」

業者に聞かれて、親戚の男に指示されたものを手渡す。

少しほっそりとした輪郭と、年相応の弛《たる》んだ頬。隼人が見た彼女よりも生気に満ちているように見える。屈託なく笑っているからかもしれない。

隼人が到着すると、すでにそれなりの人数が集まっている。

参列者の顔を、一人ひとりじっと見る。もし犯人がいれば、目があったら気まずそうな反応を見せるかもしれないからだ。

しかし、やはり目が合っても、誰もが優しい眼差《まなざ》しを向けて来るばかりなのだ。

「休んでいてえいよ」

そう声をかけてきたのは野崎だった。隼人は驚いて野崎の顔を見つめた。あの日わざとらしく目を逸《そ》らしたのと同じ人間とは思えない。心から労《いた》わるような優しい表情だ。

「匠くんのお友達やろ。東京から来たばっかりで、ほんで突然、こんなことになってしまって……よう頑張ったねえ」

そう言って手を伸ばしてきて、幼い子供に対してするように頭を撫《な》でてくる。思わず手を振り払ってしまっても、野崎は怒ったりしなかった。

「本当に、本当に、大変じゃったねえ。なんも分からんで、それなのに残ってくれて、えい子じゃねえ」

「あの、匠は……」

そう言ったのとほぼ同時に、痩《や》せ型の老人が野崎に声をかけた。

「ごめんねえ、私、やることがあるき、後で話しましょうねえ」

そう言って、野崎は受付に座った。

名簿を見ながら弔問客たちに丁寧に対応する野崎を見て、諦《あきら》めた。こんなに親切なのだから、野崎は犯人ではない、と思うことにした。野崎よりも、もっと疑うべき人間がどこかにいるはずだ。弔問客の、中に。

葬式は仏式で、特に詳しくない隼人は宗派とかそういうものは分からない。心の中には焦りだけがあった。この中にはきっと、電話の犯人がいる。この機会を逃せば一生分からないままかもしれない。強烈な違和感が増していく。匠が出席していないことはもっと騒がれるべきだ。それなのに、声をかけてくる人間は皆、東京から来た隼人を気遣うばかりで、匠のことは口にしない。居心地が悪いのに、そう感じているのは恐らく自分だけだ。それを口に出すのも憚《はばか》られる。これから通夜が始まるからだ。

どんなに耳を澄ましても、あの電話と同じ声は聞こえない。そもそも、老人ばかりだった。

ふと、ざわめきが止まる。

きょろきょろと見回すと、後方から、紫の僧衣を纏《まと》った僧侶《そうりょ》が入場してくるのが見えた。

布を引き摺《ず》る音が、やけに耳障りに感じた。

僧侶は棺《ひつぎ》の前に腰かけ、読経《どきよう》を始めた。僧侶の声もまた、犯人とは程遠い。

「ととをくうちょるんですよねえ」

神妙にお経を聞いていないといけないはずだ。死者が安らかに成仏できるように。

「ととをくうちょるんですよねえ」

でも、頭から離れないのだ。ととを、くうちょるんですよねえ。

「ととをくうちょるゆうことは、ばちあたりゆうことですよねえ」

顔を上げる。

「ばちあたりゆうことは、みなしぬゆうことですよねえ」

自分の脳内から漏れ出していると思っていた言葉だった。しかし、違う。電話で聞いた妙に若い男の声ではない。

「みなしぬんやから、これは練習ちゅうわけですよねえ」

何が面白いのか、声が震えている。

老人の声だ。老人の、女の声。

「そうしきは、しぬ練習ですよねえ」

読経はもう聞こえない。皆、声の主を探している。

「みなしんだら、葬式する人もおらんくなりますねえ」

誰かが、「あ」と声をあげた。隼人も声をあげるところだった。

「ほしたら、しんだひとは、わだかまるんですかねえ」

わはは、と笑っている顔は、先程声をかけて来た時と変わらない野崎だ。よう頑張ったねえ、大変じゃったねえ、と隼人を労わった、優しい笑顔だ。

「わだかまって、どこにもいけんのんじゃねえ。でも、ごくらくは、あるんかいねえ」

ギギ、という音がした。野崎がパイプ椅子を引き摺って立ち上がった。

野崎を止める人はいなかった。小さくて腰の曲がった老女を止める人間など、どこにも。

野崎は右足を引き摺りながら、ひょこひょこと歩いて、僧侶の後ろに立った。

「ねえ、ごくらくと、じごくは、あるんかいねえ」

僧侶の口が鯉のように開いたり閉じたりを繰り返す。野崎は、ねえ、あるんかいねえ、と何度も繰り返した。答えは返ってこない。

「しんでみんと、わからんこともありますよねえ」

野崎は手を伸ばし、木魚を取る。

やめろとか、そういう言葉を僧侶は力ない声で言った。ほとんど聞こえもしなかった。

「わからんことは、おそろしいことですよねえ、ほいじゃったら、わだかまっちょったほうが、やさしいですかねえ」

野崎が木魚を叩《たた》いている。桴《ばち》からは先端の丸い部分が取れて、それでかちかちと歯を鳴らすような音が鳴った。

「まわりまわりのこぼとけはぁ」

野崎は木魚を鳴らしながら楽しそうに歌う。

「なぁぜにせがひくいぃ」

野崎の手から木魚が転がり落ちる。しかし木魚などなくてもいいようで、野崎の指は何もない所を行ったり来たりする。

「おやのたいやにととくうてえ、そおれでせがひくいぃ」

野崎がそこまで歌ったところで、やっと、野崎の家の者が野崎の腕を摑《つか》んだ。野崎を引き摺るようにして、その場から立ち去ろうとする。

野崎は抵抗することはしない。ただ、にこにこと微笑んでいる。

「しんだらどんなきぶんかききたいんですよねえ」

野崎と目が合う。野崎の目は黒々としている。口元に笑みを張りつけて、しかし少しも笑っていなかった。隼人を見つめている。

「しんでみなくてはわからないですねえ」

語尾が掻《か》き消される。

野崎の顔から、棒のようなものが生えている。生えているのではなく、刺さっているのだ。自分で、自分の顔に桴を――それを理解できたのは、女性の悲鳴が聞こえたからだった。

鼓膜が引き裂かれるような声で、女性が喚《わめ》いている。それをきっかけに、参列者が騒ぎはじめる。

女性をその場から連れ出そうとする者。女性と同じように悲鳴をあげる者。警察、救急車、という声。何もできず右往左往している老人。呆然《ぼうぜん》と立ち尽くしている誰か。

野崎の手を引いていた、彼女の甥《おい》にあたる人物は、膝《ひざ》立ちで野崎の体を支え、懸命に呼びかけている。

抜かない方が良い、と誰かが大声で言った。刺さったもののことだ。抜くと、脳の一部を傷つけてしまったり、出血量が増えることがあるらしい。

「あはぁ」

どちらにせよ、野崎はもう駄目だ。

笑い声を漏らしながら、体を揺すっている。

何故、彼女はすでに、化け物にしか見えない。

彼女はすでに、化け物にしか見えない。

「まわ、り、まわ、り、の」

隼人は耳を塞《ふさ》いだ。


葬式をやったら、死体がもう一つ増えた。

落語にでもありそうな話だ。

悲惨すぎて、いっそ滑稽《こっけい》だ。そう思うと、ふ、と笑い声が漏れる。その瞬間、後頭部を叩かれた。

「何を笑っておるんか、お前」

振り向くと、細身で顔の浅黒い老人が憎しみを込めて隼人を見ている。

「何が面白いんか」

「いえ、その……」

「どうせ河原《かわはら》は、お前に恨み言を言いよったんじゃろ」

河原というのは、匠の祖母、というか、匠の家族のことだ。このあたりには「籠生」

という姓の人間が多いからか、識別のため、土地の名前で呼ばれているのだ、と匠に教えてもらったことがある。

この老人は、野崎の縁者のようだ。受付で彼女を呼び止めたのもこの老人だった。野崎と違って愛想のいいタイプではない。顔に深く刻まれた皺《しわ》を見れば、いつもどんな表情をしているか窺《うかが》い知れると言うものだ。

野崎があんなふうになったことを、この老人は匠の祖母のせいにしている。老人の言うことは意味が分からなかったが、それだけは分かる。

「恨み言って……」

「腹の立つ。標準語喋《しゃべ》って、偉いつもりか」

「いや、そんな」

なぜ責められなければいけないのか、分からなかった。野崎が亡くなり気が立っているのは分かるが、隼人には関係のないことだ。八つ当たりをされても困る。

なぜ匠の祖母のせいにしているのか、それを聞きたかったが、反射的に、

「俺は関係ないので」

そう言い捨ててしまう。

喧嘩腰《けんかごし》で来られて、大人しくしているのは難しい。友人の祖母が目の前で死体になって転がっていた。その友人は今もどこにいるか分からない。そんな状況で他人の悲しみに寄り添うことはできない。それどころか、腹が立ってくる。なぜこんな被害者のよう

な振る舞いをして、一方的に無関係な人間を責め立てられるのか分からない。

「関係ない？　よう言うたもんじゃわ」

老人は長椅子の脚を思い切り蹴飛《けと》ばす。振動が体にまで伝わり、思わず立ち上がった。

「何すんだよっ」

「こっちのセリフじゃ。恨んどったなら、はっきりと言えばえかったんよ。生きてるうちに、はっきりと。死んでから引っ張りよって、河原は昔から、じめじめして、底意地の悪い」

「ぐだぐだぐだぐだ意味分かんねえよ、ジジイ」

ジジイ、という言葉に反応して、老人は拳《こぶし》を大きく振り上げる。殴られる、と思って、隼人は右腕を顔の前に上げた。

「おじいちゃん！」

女の高い声と同時に、柔らかいものを打ったような音が聞こえる。足元に、三十代くらいの女性が転がっていた。

「妙子《たえこ》……すまね」

老人は口だけでそう言う。隼人を殴ろうとした拳が、この女性に当たってしまったというのに、助け起こそうともせず、バツの悪そうな顔で突っ立っている。

隼人は片膝をついて、妙子と呼ばれた女性に手を差し伸べた。

「河原、お前が妙子を触るな！」

「だから俺は関係ねえって言ってんだろ、ジジィ。お前が何もしねえから」

「おじいちゃんっ」

隼人の言葉に再び拳を振り上げた老人に、妙子が鋭い声で言う。

老人は悪態をぼそぼそと吐いた後、鼻を鳴らしてどこかへと歩き去って行った。

「ごめんなさいね」

妙子は隼人の手には触れず、自分の力で立ち上がった。

「あ、血が」

白い頬の一部が赤く染まり、鼻から一筋血が流れている。

妙子はハンカチで鼻を押さえて、

「大丈夫」

そして先程まで隼人が腰かけていた長椅子に座り、手だけで隣に来るように指示した。

隼人が隣に座ると、妙子は力なく微笑んだ。弱々しい笑顔に、あまり良くない色気のようなものを感じて、隼人は目を逸《そ》らす。

「あの、私、野崎の孫です。野崎妙子といいます」

「志村隼人といいます、籠生匠の大学の友人で……」

「そうなんですね……すみません、おじいちゃん、多分、あなたと匠くんを間違えたんやと思う」

「ええ、全然似てないのに……」

「目がほとんど見えないのよ」

「そうですか……」

しばらく気まずい沈黙が続いたが、やがて妙子がおずおずと口を開いた。

「やっぱりこうなっちゃったか、と思ってね」

「やっぱり……？」

「ええ、やっぱり」

妙子は細い指を、椅子の上で行ったり来たりさせている。

「やっぱりって、どういうことですか」

「ここに来たゆうことは、当然、ほとけのことで来たと思うんやけどさ」

妙子は早口で続ける。

「ほとけ、近づけたでしょう。河原さん、責任感の強い人やったから……みんな、やめとけって言うたんやけどね。結局、あかんかったというか、なるようになったというか」

「何を、言っているんですか？」

「本当に申し訳ないことや。おじいちゃん、罪悪感があるのよ。本当に勝手な人。罪悪感があるから、なんとかして、河原さんにも悪い所があるって思いたいみたい。私は恨んでへんからね。恨むなんて、お門違いもいいとこやし。そもそも、私たちがコントロールできるもんやないって聞いてたし」

妙子は、まるで今日の天気とか、可愛い動物の話とか、そんな気軽さで、意味の分からないことを滔々《とうとう》と語っている。

「おじいちゃんは宝をもらったんやけどね、でも河原さんは」

「あのっ」

隼人が大きな声を出すと、妙子は驚いたように顔を上げた。

「な、なあに？　急に、大きな声出して」

「本当に、意味が分かりません」

「ああ、ごめん、ごめん。最初から言わんといかんかった。河原さん、わざわざほとけを近づけたんよ。わざわざ、野山入って、探して、どこに移動するか分かる前に、引っ張って来たんやって。すごいことするよね。もう、身内は一人しかおらんからええわって言うてた。でも、あの声に耐えられるとは」

「違います！　ほとけって、なんなんですか」

妙子の指が止まる。口がまあるく開いていた。しかしそれも一瞬のことだ。

彼女は急に、焦ったように席を立った。

「え、ああ、そう、そうなんだ。何も知らないのね。じゃあ、大丈夫」

「大丈夫じゃないですよ。なんですか、どういうことですか、ほとけって」

「いえ、本当に、知らないというのは、大丈夫なの。知らなければ、大丈夫だと思う、知らないって強いのよ。まったく関係ないんでしょう」

「は？」

しつこく問い詰める隼人を見て、妙子は苛立《いらだ》ったような口調で言う。

「あなたずっと恨まれてたって言われたら気にするでしょう？　食事やって、満足に取れなくなるかも。ずっと恨まれていたって思ったら、そうなるの。ほやったら、知らなければええと思わん？　あなたやって、関係ないって怒鳴ってたやん。ね？　恨まれていても、呪われていても、知らなければ、ええ気分で過ごせると思わん？」

「え……」

「とにかく、ほういうことやから。この度はご愁傷様でした」

妙子は引き留める間もなく、走り去っていった。

隼人は追いかける気にもならず、椅子に座りなおした。言われたことを脳内で反芻《はんすう》する。

ほとけを近づけた。

責任感が強い人。

コントロールできるものではない。

あの声に耐えられる。

わざわざ近づけた。

並べてみても、考えようがない。考える糸口すらない。

それでも少し、分かることは、ほとけを近づけるというのは、決してありがたくない、むしろ悪いことが起きるような――

ぞくりとした悪寒が背筋を駆け抜けた。

良くないことが起こる。良くないものがこちらを見ている。考えたらそんな気がしてしまう。

知らないということは強いことだ。それは、そうかもしれない。しかし、到底納得がいかない。まるきり知らない状態ならそれでもいいが、隼人の前にはヒントだけが提示されている。これは、もう、少し知ってしまっている状態になるのではないか――

そんなことを考えて、隼人は恐ろしくなる。自分が迷信めいた思想に走ってしまっているような気がした。こんな閉塞的《へいそくてき》な環境にいて、誰にも心を開けないから、科学的に、現実的にものを考えることができなくなっているのかもしれない。

「匠」

そう呟《つぶや》いても、勿論《もちろん》応《こた》えはない。

頭に靄《もや》がかかったような状態で、隼人はふらふらと外に出た。人はもう、誰も残っていない。

あの家に帰るしかない。

外はどんよりと曇っていて、遠くは霧がかかっていて見ることができない。

幻想的、というようには捉《とら》えられない。不気味だ。悪夢の中に迷い込んだようにおどろおどろしい。体の重さだけが、夢ではないことを教えてくれる。東京にいた頃の隼人なら、こうは考えなかった。田舎の光景を不気味に思うのは差別的で良くないと思っていた。今はそんなふうには考えられない。

少し脇に逸れたら竹林だ。中に入ることを想像する。ぐるぐると同じところを通り、二度と出られない。泣いても騒いでも。

霧がますます濃くなる。

眩暈《めまい》がする。そこに蹲《うずくま》ろうとしたとき、

「ああっ」

大きい男の声がそれを邪魔した。

「クソ！　足も痛《いて》えわ！」

遠くに輪郭だけ見える男は、恐らく靴を脱ぎ、逆さにしている。小石でも入ったのだろうか。

彼はぶつぶつと何かつぶやきつづけている。

「クソ、どこも籠生じゃ。どの籠生か分からん。どがいしたら……あっ、君！」

男は駆け寄ってきて、頬に笑窪《えくぼ》を作って笑った。

「この辺で籠生さん……あ、いや、みんな籠生さんじゃけんど、籠生和夫さんの」

聞いた名前が出て、隼人は咄嗟《とっさ》に答えてしまった。

「俺、和夫さんの甥《おい》の匠くんの友達です」

「ああ、匠くんの！　よかったよかった。これは運なんかな、神様ありがとう」

男は天を仰ぎ、大げさに手を合わせる。

一方的に話す。よく喋《しゃべ》る男だ、と隼人は思う。隼人が一言も話さないのに、べらべらと自分のことを

津守日立《つもりひたて》と名乗った男は、いかにも胡散臭《うさんくさ》い見た目をしていた。

細身で、葬式のような黒いスーツを着ているが、まったく似合っていない。普段、スーツを着るような仕事に就いていないのだろう。個性的なファッションの人間が多い原《はら》宿《じゅく》でもほとんど見ないような大きな丸いサングラスをかけていて、それでなんとか鋭い目つきを隠そうとしているのだと思った。

口調は軽薄なのに、余裕や、親しみやすさは一切感じない。隼人を上から下まで吟味するように眺めている。初対面だが、なんだかこの男が好きになれそうになかった。

「そういうわけでな、今から、そちらにお邪魔させてほしいんですけど」

何がそういうわけなのか。隼人は苛々《いらいら》しながら尋ねる。

「津守さんは」

「うん?」

「匠の――いや、籠生さんの、どういう知り合いですか」

「ああ、知り合いゆうか、依頼されたんです。そろそろじゃって」

そろそろ、という言葉を聞いて隼人はぞっとする。

この状況で「そろそろ」の後には「死ぬ」しか続かないような気がした。つまり、津守は匠の祖母の死期が分かっていたということなのだろうか。

「どうして分かったんですか、匠のおばあちゃんが、死ぬって」

隼人が津守を睨《にら》んでも、津守はきょとんとした顔をしている。そのとぼけた様子にますます苛ついた。

「もしかして……あんたが、電話したのか？」

「はあ？　電話？」

津守は隼人よりは年が上だろうが、まだ若い。二十代後半か、三十代前半くらいに見える。もし、嫌がらせの電話がこの男なら。

「とぼけてるんですか？　それとも、本当に知らないんですか」

「いや、勝手に話を進められても、君の考えてることが分かるわけないがやないですか」

極めて冷静な声だった。ほんの少しだけ反省する。しかし、同時に、勝手に話を進めているのはお前の方だろう、と言ってやりたい気持ちもあった。

津守を責め立てても仕方がないから、隼人は津守に電話のことを話してみる。不気味な歌。その直後に、匠の祖母が急死したということ。野崎が葬儀の中で同じように不気味な歌を歌い、自分の顔に棒をつき刺して自殺したことについては話さなかった。

もし電話の犯人だったら、何か反応はするだろう。

隼人はそう考えて、じっと津守の反応を探った。

しかし、津守は慌てるでも、にやつくでもなく、眉間《みけん》に皺《しわ》を寄せた。

「ほうですか。まあ、全部潰《つぶ》すしかないね」

潰す、という物騒な言葉に驚いて聞き返す。

「は？」

「潰すって、どういうことです」

「まっこと申し訳ないけんど、あの家も、裏の山も林も全部更地になってしまう」

「なんでそんな、勝手に、そういうことを」

津守は電話の主ではない、ということは、なんとなく分かった。それよりもずっと、面倒なものかもしれない。きっと、弁護士とか、それに準ずる業者なのだ。

恐らく、和夫が依頼したのは、匠だけになってしまった場合の後処理だ。匠をまだまだ小さい子供だと思っているにちがいない。祖母が亡くなってしまったら、茫然自失《ぼうぜんじしつ》で、何の身動きも取れなくなるような。

しかし、強引すぎる。

「それ、匠に許可を取ったんですか？」

「取る必要あります？」

「そりゃあるでしょう！」

どうしても口調がきつくなる。津守はまるでこちらが面倒なことを言っているかのように溜息《ためいき》を吐いた。

「だって、匠くん、もうおらんでしょう」

「は……」

「匠くんって、色白で、弱々し〜い、平安《へいあん》貴族みたいな子ぉでしょ」

津守はこめかみに指を当て、くるくると動かした。

「ほんの少しだけ見えるんじゃけんど、多分もう無理じゃね。帰ってこん。でも、彼も覚悟を」

「なんなんですか？　そういう、意味不明な、霊感商法ですか？」

「アホ、なにが霊感商法かて。俺が君に何か売りつけましたか？」

隼人は到底受け入れられなかった。

この土地には、何か呪いとかそういう、迷信めいたものがあるのは分かる。

「ほとけ」の話もそうだ。匠の祖母は何かタブーに触れてしまった、そういう解釈もできる。

しかし、今は平成だ。合理的な根拠に欠けることは信じられるべきではない。

隼人には、目の前の男が、そういった前時代的なものの代表に見えた。

「オカルトとかそういうの、俺は信じませんから。匠のおばあちゃんが亡くなったのも、野崎さんが亡くなったことも、医者や警察官に任せることですよ。お祓《はら》いとかおまじないとか、そんなことで解決できることじゃないですよ」

「俺、お祓いなんてするつもりはないけんど」

困惑したように津守が言う。

困惑した表情が嘘とは思えず、隼人も困惑した。

「でも、さっき、頼まれたって」

「頼まれたのは、葬式じゃ」

「葬式はもう終わったじゃないですか」

「それとは違う、葬式じゃ」

意味が分からなかった。隼人が黙っていると、津守が言葉を付け加えた。

「この家の、葬式、ちゅう意味やね」

津守は何が面白いのか、にやりと笑ってみせる。

「ここを終わらせるんよ」

「は……？」

津守は隼人の反応を気にせず言う。

「ここはもう、終わりなんでね、潰します。ほういうことです」

「は？　だから、意味が分からない。どういうことか、もっと現実的な説明してください」

「説明はいらんでしょう。人がこんだけ死んでいる。良いことだと思いますか？　思わんでしょう。ここがあったらまたおんなじことがおんなじように起こりますから、もうここはすべて潰すゆうことですよ」

「いや、その理屈が分からないし……どうして急に、全部潰すとか」

「急でもなんでもないですね。納得いかんでも、君の了承を取る必要はないんですわ。

もう和夫さんの許可は得ておるんでね」

　そう言うと、津守は唐突に上を見上げた。

「おお、気色が悪いのぉ。こがい近くにおったんか。目が痛いわけじゃ」

　ザザ、と音がする。隼人が振り返っても、何もない。しかし、草が揺れている。まるでそこに何かがいたかのように。

「とにかく」

　大きな声でそう言われて、隼人は津守の方に視線を戻した。

「とにかく、君は、今日にでも東京に帰ったらえいんじゃないかね。ちゅうか、そうしてもらわんと困るわ」

「急になんなんだよ」

「だから、急じゃないがですよ」

　サングラスの奥の目がこちらを見ていないことは分かる。隼人の背後の竹林をじっと見つめていた。

「何年も前から言うちょる。もうここはめちゃくちゃじゃ。今じゃぇずうて、目が潰れそうじゃ」

　そう言って津守は、胸元から何かを取り出して、放り投げるような仕草をした。

　何をしているんだ、と隼人が尋ねる前に、獣の鳴き声がした。

　がさがさと大きく草を掻《か》き分ける音がして、気配がなくなった。

「今の……」

「見ちょるだけでしょう、今は」

津守は忌々しげに舌打ちをした。

「君、たまたま居合わせてしまって災難じゃったね。君は本当に無関係ですし、さっさと帰ってくださいね。今ここにほとけがある、それが不運じゃった、いんや、場所が分かったちうのは、幸運かね」

「ほとけ……頷《うなず》き仏のことか？」

「頷き……？　ああ、そんなふうに呼んでますか、色々考えつくもんじゃ」

また舌打ちの音が聞こえる。自分に向けてではないにしても、舌打ちは不快な仕草だ。

苛立《いらだ》ちがますます大きくなる。

「とりあえず、和夫さんに確認しますから」

「おう、えいえい。電話して確認したらよろしいわ。でも帰ってすぐにやってください。もう、今すぐにでも片づけんといけませんからね」

笑い交じりの声にも苛つく。

突然やってきて、勝手なことばかり言って。

「俺、このまま東京には帰りませんよ」

「は？」

津守が威圧的に聞き返してくる。自分の提案が拒否されると思っていなかったとしたら、余程常識がないのだろう。

「急に来て、勝手なこと言われて。匠はいなくなるし、おばあさんたちは死んじゃうし。っていうか、なんなんだよ、ここ。意味分かんないことだらけですよ……どうしたらいいのか分かりませんよ。やっぱり、もしかして、あなたが」

「失礼なこと言わんでくださいや」

津守の声が冷たく響いた。

「俺がここの土地の人間に優しくする必要はまるきりないんですわ。それでも優しくしてやっちょるのは徳を積みたいからですわ。それに、一応、人が死ぬんは嫌じゃち思うちょるき。人間には善性ちゅうのが生まれながらありますけん。ここの人間にはないようじゃけどね」

津守がチッと舌打ちをする。右手にいつの間にか煙管《キセル》を持っていた。

思い切り空気を吸い込み、盛大に煙を吐く。

「言いすぎたわ。君の友達とその家族はなんも知らんかったようじゃゃわ。君もせいぜい、邪魔だけはせんでくれんかね」

「邪魔ってなんだよ」

隼人は煙で涙目になりながら津守を睨《にら》みつけた。

「なんなんだよ。みんなして、説明もしないで。何を隠してるのか、何が言いたいのかも分からないのに、言うとおりにしろってそればっかりで。そんなの、納得いくわけないだろ」

津守だけにそう思ったわけではない。全員だ。

何かを知っていて、それを隠している。その秘密が一体どういったものなのかまったく分からない。それなのに話だけが進んでいく。

「しっこいなあ、君は。だから、納得なんかせんでも」

津守の言うことを無視して、帰路につく。

津守はなにかごちゃごちゃ言いながら、家の前までついてきた。しかし、目の前で扉をぴしゃりと閉め、鍵《かぎ》をかけると、それ以上何かしてくることはなかった。

ちらりと電話に目をやる。

和夫に電話しようかと思ったが、やめておいた。

もし、というか確実に、「そのとおりだ」「早く東京に帰れ」そう言われるだろう。そうなれば津守に——この土地に対抗する手段が一つもなくなってしまうと思った。

電話線を抜く。あの電話がまたかかってきたら、隼人はどうしていいか分からない。感情的に怒鳴りつけてしまうかもしれないが、そうしたらまた、人が死ぬ、かもしれない。あれは不吉なものであるという非科学的な思考が頭を支配した。

回り回りの小仏。

まずひとり、鬼になる子を決める。鬼になった子は目隠しをする。

そして、何人か集まって手を繋《つな》いで、鬼を囲むように円を作る。

回り回りの小仏は
何故に背が低い
親の逮夜に魚《とと》食うて
それで背が低い
あの歌を歌いながら、一周回って止まる。
鬼は目隠しをしたまま、
線香　抹香　花まっこう　樒《しきみ》の花でおさまった
と言いながら周囲の子を数え、その言葉の終わりに当たった子が今度は鬼になるのだ。
この遊びは実際に見たことはないから、かごめかごめみたいなものだと思っている。
死を呼ぶような遊びではなかったはずだ。
「まわり、まわりの」
喉《のど》から勝手に言葉が零《こぼ》れる。
隼人は自分の頬を強く叩《たた》いて、目を固く瞑《つむ》った。
朝まで目覚めることがないように、そう祈る。
闇に覆いつくされるような夜だった。
なかなか寝つけない。いくら願っても、寝つけるはずもない。
電話線を抜いているのにピンクの電話が鳴ったら、と思う。ホラー映画の影響だ。
しかし、それ以上に考えてしまうことがある。

恐怖を払拭《ふっしょく》しようと前向きなことや、楽しいことを考えようとするも、どうしても、妹のことを思い浮かべてしまう。

可愛くて、大好きで、一生守ろうと思っていた。

でももう戻ってこない。

涙が絶え間なく流れる。

すべてが理不尽だった。泣いてもどうにもならない。誰も恨むことはできない。

匠もこんな気分になるのではないか。祖母が亡くなったことを知ったら。とても他人《ひと》事《ごと》だとは思えない。

悲しみは恐怖を上回る。

ずっと昔に亡くなった妹のことですら考えるとこんなに悲しい。

匠は一体、どんな気分だろう、そう考えるだけで胸が詰まる。たまたま居合わせただけの友人にできることはなんだろうか。

無意味な考えが、闇に吸い込まれて消える。

それでもぐるぐると考える。

「隼人」

声が聞こえた。

「隼人」

匠の声だった。

弱々しくて、控えめで、しかし確かに聞こえる。

目の前に、白い光があった。

「隼人」

それで、夢を見ているのだと分かった。

まるで何もない空間に、光が射していて、そこにぼんやりとした匠の顔がある。

匠、と声に出そうとする。今までどこにいたのか、祖母の葬式があったのに——そう言おうとしても、出ない。喉が詰まったようになっていて、一言も。

しかし声に出さなくとも、理解しているようだった。

匠は優しく微笑んで言う。

「おばあちゃん、死んじゃった」

涙が出た。どうして微笑んでいられるのか。泣いたっていいのに、そんなふうに考えて、涙が出る。

「ごめんね、隼人、面倒なことに付き合わせたね」

なんで匠が謝るのか。一番辛《つら》いのは匠だ。謝る必要などどこにもない。それなのに、無理をして笑顔を作って、余計に痛々しい。そんな真似はしないでほしい。

何より、今、夢に匠が出て来たということが何を表しているのか。故人が夢枕に立つという話は古今東西よく聞く。つまり——そんなことは考えたくもない。

匠はごめんね、と何度か繰り返した後、

「どうしても、心残りがある」

そんなことを急に言う。

心残り。その言葉で、見たくなかった現実が確定してしまったと思う。

夢に現れて心残りを伝えるのは、死人だけだ。

いや、これは自分の願望から来る幻覚なのだ、と思い込もうとする。

まだそうと決まったわけではない。幻覚だ。

「面倒ついでに聞いてくれる？」

匠は笑顔のままそう言う。

「心残りがあるんだ」

そんなに強調しないでくれと思う。死んだなんて思いたくないのだ。

それでも匠は、隼人の目をまっすぐに見つめている。

「隼人にしか頼れないから」

隼人は頷《うなず》いた。

真剣な目をしている人間を、突き放す気になれなかった。

ありがとう、と短く言って、匠は申し訳なさそうな顔をする。

「俺ね、ほとけさまに、恩返しをしてないんだよ」

頷き仏のことだ、と思う。

「辛い時も、いつも助けてもらった」

匠の苦労を想像する。色々な苦労だ。

このような、何もない土地から努力して勉強し、東京に出て来た苦労。しかし、それはごく表層的な表現で、勉強以外ももっと沢山の苦労があったことだろう。

そう言えば、飲み会にもほとんど来たことがない。昼も、学食を利用せず、こそこそと隠れるようにして、銀紙に包んだおにぎりを食べていた。

匠は弱々しい外見をしていたが、不平を漏らしたり、誰かに嫉妬《しっと》のような感情をぶつけたりしているところは見たことがない。強い人間なのだ。

自分が彼の立場だったら、と想像することすら烏滸《おこ》がましい。

隼人は仏教のみならず、特定の信仰を持っていない。というより、目に見えないものは信じないようにしている。初詣《はつもうで》にも行かないし、葬式で手を合わせる程度だ。

しかし、匠が「助けてもらった」というのなら、そうなのだろう。ご利益というよりももっと、純粋な心の支えだ。心の支えとしての信仰は、自分が信じられなくても尊重したい。

「今度は俺が、ほとけさまを救いたいんだ」

ほとけさまは救う存在で、救われる存在ではない。違和感がある。しかし、匠の言いたいことはなんとなく理解してしまった。あの男のことだ。

「あの男、ここを潰《つぶ》す、って言ってただろ。ひどすぎる。どうしてそんな権利があるのか。ずっと、俺も、家族も、見守ってもらってたんだよ。それを、無くしたくない」

匠はそこまで一気に言ってから、また隼人の目をじっと見た。昏《くら》い目だった。

なぜかその時、合点がいった。

幻覚ではない、と思った。

これは匠だ。本物の匠で、正確に言えば、匠の幽霊。

幽霊、と思うと途端に悪寒が走る。

匠の肌はうす青い。生きていた頃の「色白」という範疇《はんちゅう》を逸脱している。それで、輪郭がぼやけている。

死人だ。

「隼人に怖がられたら、俺……しんどい」

声が悲しく震えている。

隼人は申し訳ないと思った。しかし、知らなかったのだ。たとえ親しい友人であっても、幽霊は恐ろしいことを。

「ごめん、無理言って。当たり前だよね、怖いよね」

匠はまた、申し訳なさそうに頭を下げる。

やめてくれ、と思う。むしろ謝りたいのはこっちの方だ。

「でも、どうしても、お願い、聞いてほしい」

頷いた。頷けているかは分からないが、とにかく、そういう意思があった。

それが伝わったのか、匠は微笑んだ。頬に薄らと涙が伝っている。

「嬉《うれ》しい、嬉しい。ありがとう。これで、ほとけさまに恩返し、できる」

匠の目は相変わらず昏く、洞穴のようだった。それでも、彼が喜んでいることが隼人は嬉しかった。

しかし、ほとけをあの津守という胡散臭《うさんくさ》い男から守るとして、どうしたらいいのか、と思う。まさか、物理的な方法を取るわけにもいかないだろう。

そう思っていたところ、匠が、おもむろに口を開いた。

「隼人、大事なものを知ってる？」

大事なもの、という言葉を聞いて真っ先に思い出すのは、家族のことだ。しかし、匠は首を横に振る。

「人じゃなくて。自分の中で、大事なもの。少し考えてみて」

言われている意味が分からなかった。

ふ、と何かが頬を撫《な》でるような感触がある。

思わずのけぞった。よくないもののような気がした。

「怖がらないで」

匠の声が震えている。先程と同じように、傷ついたような、すまなそうな顔をしている。

強烈な違和感がある。しかし、その正体は分からない。

匠はとうとう涙を零《こぼ》した。だが、それは心から悲しいと思って泣いているというより、機械的な反応として涙が出力されている、そんなふうに感じた。

「隼人」

匠が、顔に当てていた手をパッと離した。

その顔を恐ろしいと思う。でも、間違いなく、匠の顔だ。なぜ恐ろしいと思ってしまうのか分からない。

隼人は、恐怖をごまかすように、大事なものはなんだろう、と心の中で唱える。

「まず指だ」

手元を見る。隼人の手には、左右合わせて十本の指が付いている。

「指は大事なものだ。指をほとけさまに差し上げる」

思わず拳《こぶし》を握り込んだ。

差し上げるとは、つまり、指を切って——

匠がふ、と笑った。

「大丈夫。本当は本物の指を使うところだけれど、すぐに用意はできないもんね。俺、隼人に無理させたくないし」

隼人は少しだけ安心する。しかし、同時に、やはり、指というのはこの指のことなのだ、と分かる。

「だから、本物じゃなくて、指みたいなものでいいんだ。それくらいは、できると思うから」

匠の口調は穏やかなままだった。しかし、断定的で、圧迫感のある言い方だ。

「木でも、粘土でも、肉でもいい。今のところはね。ああ、いつも思ってるけど、鳥の足なんかは、人間の指によく似てるよね」

匠はにこにこと笑っている。

隼人は思わず目を逸《そ》らした。本当に聞かなければいけないことは、指がどうこうではない。なぜ、大事なもの、つまり指を捧《ささ》げることが、ほとけを救うことになるのか、ということだ。思っていることは匠に筒抜けのはずだ。隼人が何も言葉を発さなくても、今さっきまで匠は答えていたのだから。

そのはずなのに、なぜか、今回に限って、匠は答えず不気味で意味の分からない話を先に進めてしまう。

「大丈夫だよ。たかが、本物じゃない指だ。絶対に何も起こらない。悪いことは隼人には起こらない。でもね、本当のお願いなんだよ。俺にはできなくて、隼人にはできることだから。本当の本当に、お願いなんだ」

隼人は頷いた。最早先程の、友人への同情と思いやりからではない。ただ、目を覚ましたかった。早くこの夢から逃げたかった。

「ありがとう。家の裏を歩けば、すぐにあるからね。お願いだよ」

お願い、と何度も何度も、聞こえる。耳にこびりつくようだった。

目が覚めると、頬がひんやりとしている。指を這《は》わせると、何かかさついた感触があって、自分が泣いたのだ、ということが分かった。

きちんと施錠したからだろうか、あの男が侵入してきた形跡もない。このあたりには施錠の習慣などないから、拒絶の意思は伝わっているだろう。目の前でぴしゃりと閉めたのだから。

「鳥の足」

自分で言って、飛び起きる。

そうだ。

匠がそう言った。匠が夢枕に立った。

指を確認する。左に五本、右に五本、きちんと付いている。

確かに替えの利かない大事なものだ。指を捧げるなんて、ぞっとする。

「だから、指みたいな、もの」

匠の昏《くら》い目を思い出す。深い洞穴のようだった。生きているときとは、違って。

頭痛がする。意味の分からないことだらけで何が本当かそうでないか分からない。見た夢だって願望かもしれない。

でも、もし自身の願望なら、それこそそのとおりにすればいいのかもしれない。

隼人は布団から起き上がり、大きく伸びをした。体がぎしぎし軋《きし》む。

顔を洗い、洗面台の鏡を見ると、自分の目も昏く淀《よど》んでいる。夢の中の匠にそっくりだ。

夢の中の願いを叶《かな》えることで、自分の心が解放されるかもしれない、と思う。少なくとも、このような表情でいなくてすむかもしれない。

それに、ほとけのことが気になる。これは単純な好奇心だ。

近づけた、というのがどういうことか。一般的に想像される石の像だとしたら、移動させるのには時間と力を要するはずだ。どんなものか見てみたい。どういう状態になっているのか。

どんなものか分かれば、この土地の人間が隠している何かを理解するヒントになるかもしれない。

隼人は申し訳ないと思いながら匠の部屋の箪笥《たんす》を漁《あさ》り、洋服を何点か拝借する。どれも丈は合わないが、彼の服を身に着けることで、彼の望みを叶えているのだということが、より明確になるような気がするのだ。

嬉しい誤算は、箪笥の中に小さなラックが設置してあり、その中に家の鍵《かぎ》が入っていたことだ。都会の人間だからか、家を開けっぱなしにすることには抵抗があった。今は、正当な家主が不在なのだから、なおさらだ。

洋服を着替えた後、どこを向いていいか分からないから天井に向けて手を合わせる。

「行ってきます」

勿論《もちろん》誰も応《こた》えない。

そのまま玄関を開け、用心深く周囲を確認する。津守がやってきて、ごちゃごちゃとうるさく言ってくるかもしれない。早く東京に帰れ、ここはもう潰《つぶ》すと、馬鹿の一つ覚えみたいに。そうしたら隼人も、馬鹿の一つ覚えみたいに、そんなの納得がいかないと返すしかない。不毛だ。

三回も施錠したのを確認してから、隼人は勝手口から外に出た。


「鶏《とり》の足ィ？」

肉屋の店主はそう聞き返してくる。

彼もまた、知った顔だ。

「モミジ言うて、九州の方ではよう食べられとるみたいやけどな、お兄ちゃん、九州の人？」

「いえ、東京ですけど……食べたくて」

「ほうかあ。残念やけど、今すぐは用意できんな。養鶏場の方に聞いてみてもええけど……」

「あ、いいです、大丈夫です……」

普通の範疇《はんちゅう》から外れるとすぐ噂になる。東京から来たよそ者であるというだけですでに異物として見られているのに、わざわざ鶏の足など求めて養鶏場に連絡をしたとなれば、間違いなく噂になって「どうしてそこまでして鶏の足なんか食べたいのか」と詮索《せんさく》される。ゴミ箱を漁られたりもするかもしれない。田舎の人間を馬鹿にしたり、嫌がったりしているわけではない。ただ、他人のことを把握しておくことが、ここで生きていくための知恵なのだから、不審な行動があれば調べるだろう。

肉屋の店主は目を細めて、

「ごめんなあ、気が利かんで。それと、匠くん、はよう見つかるとええね」

隼人は頭を下げた。やはり、知られている。

しかし、それは想定内だ。気遣いの言葉を投げられることは想定外だったが。とにかく、そんなことをいちいち気にしていても始まらない。

買うという一番簡単な方法で鳥の足を手に入れられなかったいま、考えなければいけないのは、じゃあどうすればいいのか、だ。

考えて隼人は、一旦《いったん》家に戻ってから、山道に入った。

確か、このあたりに柑橘類《かんきつるい》を作っている場所があった。気分転換に散策をしたとき、見た記憶がある。一応農園といってもいいのかもしれないが、こぢんまりとしていて、さらにあまり人の手が入っていないのか、枝も実もまったく保護されていなかった。

隼人が見た時、すでに実は熟しており、売り物になるかならないかというほどだった。

記憶を頼りに歩いていくと、やはりその場所はあって、実がいくつも生《な》っている。地面から甘い匂いがするのは、実のうちの何個かが、熟しすぎて落ちているからだ。このような状態になっても収穫されていないのだから、やはりこの農園はほぼ捨てられているのだ。フェンスにはところどころ穴が開いて錆《さ》びだらけで、監視カメラの類《たぐい》も見当たらない。

「あった」

思わず声をあげてしまい、誰が聞いているわけでもないのに慌てて口を塞《ふさ》いだ。こんなことで嬉《うれ》しさを感じてしまったことも少し恥ずかしい。

隼人が発見したのは、鳥害対策用の電気プレートだ。鳥が留まろうとすると、電気が流れ、鳥は飛び立っていくらしい。

放置されている農園だからそういった設備もないと思っていたが、フェンスの近くに数枚設置してある。

狩猟の技術など持たない隼人は、ふと、ずっと昔に見たワイドショーを思い出したのだ。その番組では、カラス避《よ》けにプレートが使われていた。カラスは痛みを感じると一瞬で飛んで行ってしまうらしいから、その一瞬を見極めるしかない。

隼人は木に近寄って、そこに腰を下ろした。

それでしばらく待つ。

想定どおり、何羽も鳥が飛んでくる。鳩だったり、カラスだったり。しかし、その先は想定どおりにはいかなかった。本当に一瞬で飛び去ってしまうのだ。

気配を悟られないように少し遠くから観察しているから、鳥が来た、と気づいて走っていっても、電気プレートの場所に到着する頃にはもう鳥はいない。

何度もそういった、近づいては逃げられるという無意味な時間を過ごすうちに、隼人は汗だくになっていた。

もう日も落ちかけている。一言で表すなら、徒労だ。

これ以上待っていても何の成果も得られないだろう。

そう思って立ち上がりかけた時、背後からどさりと音がした。

隼人は目を瞑《つむ》り、顔を手で覆った。真っ先に考えたのは、ここの持ち主に見つかって、投石などされた、ということだった。

しかし、しばらくその姿勢のまま待っていても、怒鳴られることも、追加で石を投げられることもない。

隼人は薄目を開け、恐る恐る振り向いた。

カラスだ。

カラスが羽を広げて死んでいる。大きい、と思った。でもそう思ったのは、いつも遠くを飛んでいるところしか見たことがないからかもしれない。カラスは、ちょうど足を上に突き出している。

全身が真っ黒なのかと思っていたが、足だけは少し黄みがかった灰色だった。

人間の指に、見えなくもない。

隼人は、急に背後にカラスの死体が落ちて来た、という不自然さのことは敢えて考えないようにした。そんなことを考える余裕はなかった。

ゴミ袋にカラスの死体を入れる。まだ温かいような気もしたが、気のせいかもしれない。確かなのは、ずしりと重かったことだ。

袋を引き摺《ず》って行くときに、誰にも見られないように、と強く祈った。

なんとか家に入って、一息つくこともなく、風呂場《ふろば》に行く。

なるべく、死体そのものを見ないようにして、足を折る。折るときに、不快な手ごたえがあって、それだけで吐き戻しそうになった。

折ったものを改めて観察する。

人間の指に、似ていないこともない。ものを摑《つか》むような形にすれば、かなり似ているかもしれない。

なんにせよ、隼人はもう限界だった。

茶を一杯だけ飲んでから、すぐに家を出る。

家の裏を歩けば、すぐにあるからね。

夢の中で匠はそう言っていた。

先程鳥を獲りに行ったときには、そのようなものは見当たらなかった。しかし、あのときは鳥のことしか頭になかったから見つけられなかったのかもしれない。

隼人はゆっくりと、周囲を見回しながら歩く。

「あった」

やっと見つけた時、安堵《あんど》から、思ってもみないくらい嬉しそうな声が喉《のど》から漏れた。すぐにある、とは言えないような距離だ。いや、山を歩くことに慣れている者からすれば、すぐ、なのかもしれないが、少なくとも都会育ちの隼人にとっては。

とにかく二十分くらい歩いたとき、急に視界が開けた場所があって、そこに、十体以上、石でできた像があった。ほとけだ。ほとけたち、というべきかもしれない。大体、イメージしていたとおりのものだった。

じっくり見ると、首が少し下向きに傾けてつけてあるのが分かる。たしかに、頷《うなず》いているように見えなくもない。だから、頷き仏なのか。

もう遅いこともあってか、人の気配はしない。

びゅう、と風が吹いた。隼人は身震いする。

像は子供のように見える。元はきっと、ありがたいとか、優しいとか、そういう言葉が似合う姿をしていたのだろう。昔と変わらず、人の苦しみを和らげるものであることは間違いない。それでも、今は野晒《のざらし》で、ところどころ欠けているそれがいくつも並んでいる様子は、とても不気味に見えた。

こんな不気味なところは、一刻も早く去るべきだ。供え物を置く場所すらここにはない。

隼人は仕方なく、中央にあるほとけの前にカラスの足を置いた。何を言っていいかも分からないから、なんとなく手を合わせ、「よろしくお願いします」と祈った。

人に見られているような気がする。しかし、これは、不気味な場所にいるからそう感じるのだ。そう無理やり思い込んで、足早にその場を離れた。

何事もなく家に着く。

その場でカラスの足を折ったことは忘れて、隼人はシャワーを浴び、湯船には浸からなかった。湯を張るのが面倒だったのだ。

そのまま、髪も乾かさず、布団の上に倒れ込んだ。

匠の願いを叶《かな》えたという達成感はなく、ただただ疲弊した。一刻も早く眠りたい、そう思った。

『俺、隼人の考え方、好きだな』

匠はそんなふうに隼人を褒めた。隼人だけではない。誰に対しても、だ。だから、控えめな性格なのに、みんなから好かれていた。

人の良いところを見つけるのが上手というより、本当になんでもない、取るに足らないことでも褒めた。別の友人のアパートで飲み食いした後皿を洗っただとか、道に落ちているゴミを拾ったとか、葉物の野菜を食べたとか、そういった些細《ささい》なことで、匠は本当に嬉しそうに微笑んで、人を褒めた。

「隼人、すごいねえ」

今も、彼は隼人を褒めている。

目を細めて、自分のことのように嬉しそうだ。

生きていた頃とは何の違いもない。

それなのに、隼人は上手く笑えない。ありがとう、と言う気にならない。

ふふふ、という、柔らかな笑い声も、なんだか、別のもののように感じられる。

隼人は、怪談の類を恐ろしいと感じたことがない。

例えば、女が恨めしそうな顔でこちらを見ていたというようなことがあったとしても、それは恨めしそうな顔でこちらを見てくる女というものが怖いだけであって、生きていることと死んでいることでそれが変わることはない。そう思っていた。

しかし、生前とまったく変わらないはずの匠を見て気持ちが悪いと思う。

この不快感こそが、生きている者と死んでいる者の違いなのではないかと気づいた。

「ねえ」

匠の口元から突然笑みが消えた。浄瑠璃《じょうるり》の人形のようで、それもまた恐ろしいと思う。

匠は目を大きく見開いたまま、

「次は舌だね」

と言った。舌だね、と言うのと同時に、舌を口から出して、ふるふると動かした。

夢の中だからなんとか留《とど》まることができたのかもしれない。ゆらゆらと動く舌は気持ちが悪すぎて、今すぐにもその場から逃げ出したいくらいだった。

何も言うことができない。動くこともできない。それは、隼人と匠が同じ世界にいないからではないかと思う。

ただ、匠が目の前にいるのは事実だ。くっきりと見える。考えていることも、すべて分かっているだろうと思う。

だから、隼人が匠のことを気持ちが悪いと考えると、彼は悲しそうに顔を歪《ゆが》めるのだ。

「ごめんね、やっぱり面倒だよね」

匠は悲しそうにつぶやく。声が震えている。

「心残りなんだ。どうしても、やってほしいんだ。ごめんね」

悲しそうな声に罪悪感を覚えることはなかった。ただただ早く解放されたいと思った。

早くこの夢から覚めるために、舌に似たものが何か知りたい。

しかし匠は、

「舌に似ているもの、俺には分からない」

そんなことをきっぱりと言う。

「というかさ、さすがに偽物を捧《ささ》げつづけたら、失礼でしょ」

匠の顔を見つめる。何もおかしいことを言っていない、というような顔だ。

「別に全部じゃなくていいんだよ。ちょっと。ちょっとだけならいいでしょ」

何が面白いのか、匠はけらけらと笑っている。白い頰に笑窪《えくぼ》が浮かんでいる。もう見ていたくない、と思う。早く醒《さ》めろ、と願った。


牛の舌――つまり、牛タンはすぐに手に入った。少し値が張ったが。

偽物を捧げつづけたら失礼。その言葉は正しいかもしれない。

しかし、ちょっとだけならいいとは思えない。いくら匠の願いを叶えるためとしても、隼人には自分の舌を捧げる覚悟はない。結局、代替品を用意しようと考えた。

「モミジやら、タンやら、東京の人は舌が肥えとるなあ」

そう言って肉屋の店主は笑った。

「ま、食べる元気があるんはええことや。たっくさん食べて、元気出しなさい」

これはおまけや、と言って、店主は隼人にコロッケとメンチカツを詰めたビニール袋を押しつけてきた。

親切な店主に挨拶《あいさつ》をしてから、足早に家に帰る。しかし、嫌な顔が見えた。

「おうおう、そんな顔せんでもえいがやないいね」

津守が、玄関の前に仁王立ちしている。

「やっぱり都会のモンやね。きちんと鍵《かぎ》がかかっちょった」

「入るつもりだったのか？　泥棒。今すぐ警察に突き出したいくらいだよ」

「なんもしてんやろ、今は。それより……」

津守の視線が隼人の持っているものに向けられる。

「何を買《こ》うたん？」

「さあ。あんたに関係ないでしょう」

なるべく意地悪く聞こえるように言ったが、津守はまったく意に介していないようだった。

「関係なくはないがですね。何度も言うちょりますけど、こっちは頼まれてきちょるんやから」

「そこ、どいてくださいよ」

「まあ、待ってくださいよ」

津守は立ったまま、腕を余裕綽々《よゆうしゃくしゃく》といった様子で組み替える。

「こういう仕事も長いもんで、分かるんですわ。君、ただ意地でこの家に居座っとるわけやないね。他に何かしようとしちょることがあるが違う」

なんとか、動揺を表に出すのを堪《こら》えた。これはきっと、間違いなく、匠の願い事のことを言っている。

それでも何も答えず、隼人は手を津守の肩にかけた。

「入りたいんだ。早くどいてくれ」

「例えば、何かを捧げろ、言われたとか」

「うるさいんだよ」

腕に力を込めると、細身の津守はあっけなくよろけ、体勢を崩した。

隼人はその隙に鍵を開ける。

中に入り、戸を閉めようとすると、引っかかりがある。津守が足を挟んで、戸を閉じさせまいとしているのだ。

「あんた、なんなんだよ、押し売りかよ！」

「違う。君が危ないけん、忠告してるんですわ」

津守は息がかかるような位置に顔を寄せて来る。

「どこまで門をくぐった？」

津守からは苦みのある植物のような香りがした。

「最初は簡単なことを言うがです。次に難しいこと、最後にできるとは思えんことを言うがです。でも、簡単でも、難しうても、できるとは思えんことでも、全部同じです。全部、やったらいかんのです」

心臓が不快に脈打った。

隼人は津守を思い切り突き飛ばし、ぴしゃりと扉を閉め、施錠した。

津守はまだ外にいて、ガタガタと揺らす。

「最後まで行ったらおしまいじゃ。分かるか」

隼人は大声で遮り、耳を塞《ふさ》ぎ、部屋の中に駆け込んだ。

門など、言っていることの意味を正確に把握できるわけではない。ただ、何を言わんとしているのかは分かるのだ。

指、舌。

多分、これらを捧げることに関係がある。

簡単なこと。

難しいこと。

できるとは思えないこと。

津守はすべて分かっている。もう、隼人は彼のことをインチキ霊能者だとは思わない。

「絶対にもう進んだらいかん」

まだ、背後から津守の声が聞こえる。

分かっている。

しかし、匠の弱々しい姿と、悲しそうに、無理をして笑顔を作っていたことを思い出すと、どうしてもやりとげなければいけないという気持ちになるのだ。

まだ温かいコロッケを一つ、丸呑《まるの》みするように口に入れ、裏口から早足で飛び出した。

昨日通った道を駆け足のままなぞる。

「あれっ」

隼人は一本道の前で立ちすくんだ。

どう考えても短い。

昨日かかった時間の半分くらいだ。駆け足で来たことを考慮しても、明らかに短い。

しかし、この一本道は、頷《うなず》き仏の場所に行く一本道で間違いない。

考えていても仕方がない。隼人はまた、駆け足で道を通った。

やはり、この道で間違いはなかった。

だから、ここに来るまでの道のりが短くなっていたのは、心理的な問題だったかもしれない。確かに昨日は鳥の足を調達するのに時間がかかり、身も心も疲弊していた。

昨日より明るいからか、頷き仏の顔がはっきりと見える。

そして少し安心した。不気味に見えていたのもまた、心理的な問題だった。優しい顔をしている。

昔からこのあたりの人間の悩みを聞き、なんでもうんうんと頷くように聞き入れてくれた、その逸話どおり、優しく微笑んでいた。おどろおどろしい田舎の、不気味な迷信。一瞬でもそう思ったことを反省する。

隼人は昨日よりずっと厳かな気持ちで手を合わせる。

心の中でなんと祈ればいいか考える余裕もある。

死者三人の冥福《めいふく》を祈ればいいのか、あるいは、頷き仏がそうあるものだから、自分自身の辛《つら》いことを吐露すればいいのか。

どうしても思考に雑音が交じる。雑音というのは、不気味な電話だ。野崎がおかしくなり、歌っていた歌だ。あれになんの意味があるのか。

考えているうちに、消えていたはずのこの場所を不気味だと思う気持ちがむくむくと膨らんでくる。

「よろしくお願いします」

結局隼人はそれだけ言って、また中央のほとけの前に買って来た牛タンを置いた。

置いた時になってやっと気づく。

カラスの足がない。

誰かが回収した、とも考えられる。ここは匠の家の敷地だが、特に封鎖されているわけでもなく、どこかの道路には面しているだろうからそこから歩いてくれば辿《たど》り着くこともできる。ほとけを信仰する者が来て、カラスの足を不気味に思い、排除したのだろうか、あるいは——

気味の悪いホラー映画のような想像をしてしまう。本当にこのほとけが動き、口を開き、カラスの足を貪《むさぼ》り食う。

あり得ない。

ここには誰もいないから、こんなことを考えるのだ。

もう一度手を合わせ、後ろを向いたときだった。

ドサリと、また何かが落ちて来た音がした。

何かに操られるように、隼人はそれを拾い上げた。

鋏《はさみ》だった。よく見る鋏ではなく、和鋏だ。昔話に出てくるような――

のりをなめたるむくいとて
したをきられしすずめをば
いとしというてじひぶかき
じじがたずねてでかけたり

隼人は凍りついたように動けなかった。

子供の歌声が聞こえた。しかも、ひとりではなく、大勢の。

確実に聞こえているのに、子供の姿はどこにも見当たらない。

きゃはは、と甲高い笑い声が耳に突き刺さった。

「道具、用意してあげたよお」

匠の声だった。

幻聴だ。妄想だ。

声が出てこない。

「ちょっとでいいんだって。ちょんって」

手が勝手に動く。鋏がしょきしょきと動いた。

「若いんだから、色々経験しとかないとって、言ってたじゃん」

舌を突き出す。前に。

鋏が動く。ぱちんと閉じる。

声にならない悲鳴が隼人の口から出る。

鋏が地面に落ちた。なんらかの組織が付着している。

口から流れているのが血なのか涎《よだれ》なのか分からない。目からも血が流れているかもしれない。

子供たちはいない。匠もいない。いないから、見えない。

呻《うめ》き声をあげながら隼人は走る。

視線を感じるのも気のせいだ。脳内で、ほとけたちが顔を上げ、こちらを見ているような像が結ばれるのも気のせいだ。

見えない。見えないのだから、いない。

一本道を駆け抜け、家の裏手まで走ると、前方から誰かが走ってくるのが目に入った。

しかし、止められない。

肩に衝撃が走り、隼人は転んだ。

すぐに起き上がる。

隼人は口から体液を垂れ流しながら、よろよろと玄関に向かった。

視界の端にスーツが見えた。

ぼろぼろだ。はっきり言って汚い。今倒れたときについたものでもなさそうだ。

「ああ、いかん、遅かったか……」

呻き声《うるさい》のように津守はそう漏らす。

「ううあい」

口を空気が通る度に痛みが走り、まともに話す事さえできない。

一刻も早く家に入りたいのに、なかなか鍵《かぎ》が出てこない。

ごそごそと洋服のポケットを探る手を摑《つか》まれる。津守は真剣な顔をして、

「何が君をそうさせるん？　分かってるでしょう、やったらいかんて。どう考えてもこの辺の人間の様子もおかしいって分かってるでしょう」

隼人は何も答えられなかった。

確かにおかしいのだ。全部。

「おばあちゃんが亡くなったんはまあ、病気ってことでおさまるにしても、野崎さんゆう婆さんも亡くなったんじゃろ、しかも、むちゃくちゃな死に方で」

「あんえいっえうんあよ」《何で知ってるんだよ》

津守は自分の顔に人差し指を向けた。

「こういう仕事が長いちゆうたじゃろ。普通の人間より耳と目と鼻がえいんですわ。葬式に出た人間の話が聞こえてきゆう。でもな、細かいことは分からん。ここに来てから、耳も目も鼻もよう利かん。でもな、おかしいじゃろ。葬式のあと、誰かから連絡があるか？　家を訪ねてきた親戚《しんせき》がおるか？　おらんのじゃないですか」

確かに、あれから何も連絡はない。

しかしそれは、何も分からない隼人に何を聞いても同じだからではないのか。そんな考えを読んだかのように、津守は言う。

「性善説じゃねえ。まあえいわ。ほいじゃあ、和夫さんはどうですか。連絡する、すぐ行く言うたのに、来ないやないですか。はっきり言うてね、近づきたくないんですわ。近づいたら巻き込まれるんは、みんな知っとりますけえじゃ」

「えも《でも》、そうしひ《葬式》にあ《には》、あくあん《たくさん》、いあ《来た》」

「東京の大学に通っとって村八分の八分ちうのが何か知らんのんですか。葬式と火事の二分を除いた残りじゃ。葬式は死体を放《ほ》っといたら病気が流行《はや》ってしまうかもしれん、火事を放っといたら広がって他の家も燃えてしまうかもしれん、ほじゃけ、その二つは穢《けが》れた家でも手伝ってやるのんですわ」

馬鹿にされた。そう思って、隼人は思わず手を振り上げる。しかし、津守は変わらず真剣な表情のままだ。侮辱したり、嘲《あざけ》ったりはしていない。腕をそのまま降ろす。

「分かるがでしょ。おかしいことはたくさんあったがでしょう。君が見ないふりをしちょるだけじゃ。でな、なんも知らん君が、どうしてここに拘《こだわ》っとるのか、知りたいんですわ。何が君をそうさせてるん」

匠の目が思い浮かぶ。夢の中の匠。昏《くら》い目をして、訴えかけてくる。どうしてもほとけに恩返しがしたい。それが心残りだと。優しかった匠の変わってしまった様子。でも、それは、もう死んでいるからで。

「匠くんのことでしょう」

津守の声は冷え切っている。

「当たってほしくなかった。匠くんが、君に言うたがじゃろ。ほじゃけ、君、そんな必死になってやりよるがじゃろ、でも、そんなんしてもどもこもならん、えいか、あれは、君の一番えいち思うもんに」

とおくから、あああ、と声が聞こえた。

ああああああああああああ
それは、徐々に近づいてくる。

あああああああああああああああ
今、行って帰って来た方角からだ。

「あっ」

声のする方を振り返った瞬間、隼人は強く押された。

「あに」

あああああああああああああああ
「中に入れっ」

津守は短く言って、隼人を裏口の方向にまた強く押す。

「えっ、えも」

あああああああああああああああああああああ
「いいから入れっ」

裏口の扉を開ける。　振り返って、

「うもいあんも《津守さんも》」

「俺のことはえい」

ああああああああああああああああああああああああああ
何かの足音が聞こえた。

「鍵を閉めて、絶対に開けるな」

津守の形相と——それに、声と足音が恐ろしくて、慌てて裏口を閉め、鍵をかける。

台所の小窓も開いているのに気がつき、それも閉めた。

ああああああああああああああああああああああああああああああああああ
ドン、と何かがぶつかるような音がした。

それに重ねて、あああああ、　ああああああと、何かの鳴き声のようなものが聞こえる。ぐう、と唸《うな》るような声は津守のものかもしれない。

包丁が目に入る。

これを持って、外に出て、津守に加勢すればいいのかもしれない。

いや、それでも、開けるなと言われた。

ああああああああああああああああああああああああああああああああああああ

耳を塞《ふさ》いだ。
走って行って、玄関の戸締りだけでなく、家じゅうの窓の施錠を確認する。
そして、まだ日も高いのに、布団を被《かぶ》った。
恐ろしい声は続いている。
考えるな、考えるな、考えるな何も考えるな。
舌の痛みにだけ集中する。どくどくと流れる血のことだけを考える。
布団が赤く染まっている。
眠りに落ちたのか、気を失ったのか、もう分からない。

気がつくと、隼人は誰かの膝《ひざ》の上で寝ていた。
飛び起きる。掌《てのひら》を、開いたり閉じたりする。動ける。自分の体が見える。
ここにある。
口元に手を伸ばす。
もう痛みはない。舌にも、欠損はない。
「ねえ、ちょっとくらいなら、大丈夫だったでしょ」
優しい声だった。
顔を上げる。

抱き着いてしまいそうになる。

窓から夕日が見えた。

あの日も、夕日がきれいだった。

「俺、女の子、無理なんだ……」

あの時の匠の顔は忘れられない。

小さく震えていて、弱々しくて、死にそうだった。白い肌が、夕日のせいで赤みがかって見えた。

可愛いと思った。

「そうか」

隼人はそう答えた。

そんなことは、言われなくても分かっていた。

自分を見る目に、独特の熱が籠《こも》っていた。自分に対して特別な感情を持つ者しかしない顔だった。隼人は何度もそういう目で見られたことがあった。初めてだったのは、男から、ということだけだ。

自分がもうとっくに知っていたことを、決死の覚悟で伝えてきた匠のことを、哀れで可愛いと思った。

「じゃあ、男が好きなんだ？」

白々しくそう尋ねると、匠は震えながら頷《うなず》く。

「そうかあ」

もったいぶって、考え込むような演技をした。

匠は死刑宣告を受けるかのような顔をしている。

「じゃあ、俺と付き合ってみる？」

そのときの匠は本当に可愛い顔をしていた。それは偽りのない感想だ。

頬を赤く染めて、目を輝かせて、何度も頷いていた。

思わずキスをして、それが嫌ではないくらいには、可愛かった。

でも、それは本当に、その時だけだった。

美しい夕日の差し込む講堂で、二人きり、その時だけだった。

友人のときは気遣いだと思っていたことも、急に媚《こ》びを売るような浅ましい振る舞いにしか見えなくなった。すり寄ってきて、不気味だと思った。女でもないのに、と思った。

男としては「可愛らしい」と言えなくもないが、女として見ることなど到底できなかったのだ。

決定的だったのは、匠の家で、迫られたときだ。

風呂《ふろ》から上がると、匠が裸でベッドの上で待っていた。

「俺、帰るわ」

隼人はそう言い捨てて、匠の話も聞かず帰った。

肌だけは白かった。でも、それがなんだというのか。自分以外の男性器には嫌悪感しかなかった。

さすがに匠も気づいたようだった。

自然に友人関係に戻った。

元のとおり、食事をし、談笑し、たまに遊びに行ったりするだけの関係だ。

時間が経ち、夕日がきれいだった記憶も朧気《おぼろげ》になった頃、合宿をすることになった。

それは、ゼミの先輩が開催した二泊三日の合宿で、ゼミのメンバーだけでなく、大勢の人間が誘われていた。

「お前らも仲のいい奴誘っていいからな」

そう言われたが、隼人は匠を誘わなかった。

しかし、当日集合場所に行くと、匠がいた。

「どうしているんだ？」

そう尋ねると、

「ああ、岡本《おかもと》先輩に誘われて」

岡本というのは、一学年上の先輩で、顔にそばかすがあるということ以外は特に目立った特徴はない。それでも隼人が記憶しているのは、匠が隼人に向けていたのと同じような熱っぽい視線を匠に向けていたからだ。

隼人は二人が仲良くなればいい、と思った。そうして、早く忘れてほしい、と。

合宿の間、隼人はほとんど匠と話さなかった。二人を仲良くさせたかったというのもあるが、その時気になっていた女の先輩と親密になることに夢中だった。彼女とは、一日目の夜、非常階段で肌を合わせた。ただそれだけで満足してしまい、恋愛には至らなかった。

だから二日目の夜は、男性の先輩たちが部屋で行っている酒盛りに参加した。酒が進んできて、下世話な話題が飛び交う。

隼人は思いつきで、

「俺、男と寝ようとしたことありますよ。向こうから、好きって言ってきたんで」

そう言った。勿論《もちろん》、匠のことだが、名前は出していない。それくらいの良心はあった。皆、わざとらしく、「げえ」とか「オエエ」などと言って、吐く真似をする。

「俺、絶対無理なんだけど。よくそんなことできたな」

隼人は笑いながら、

「そうそう、やっぱキモくて無理でした。股間《こかん》に余計なもんついてんのは、無理でしょ。まあでも、若いんだから、色々経験しとかないと。あっちも、いい夢見れたってことで」

オマエ最低だな、とかなんとか言って、先輩は笑いながらバンバンと隼人の背中を叩《たた》いた。隼人も大声で笑った。酒の席の話だ。多少誇張しても何の問題もない。

しかし、僅《わず》かながら罪悪感もあった。

友人として接する分には、匠は本当に良い人間だった。努力家で、真面目で、人の悪口も言わない。

そんな様子を見ると、酒の席で、本人も聞いていなかったとは言え、あんなふうに笑いのネタにしてしまったことが、申し訳ないというような気持ちが湧《わ》いてくる。

だから、隼人は匠の頼みを断らなかった。

「あのさ、実家に帰省するんだけど、付いてきてくれない?」

何も楽しいことがない田舎だと分かっていたが、そのとおりにした。

それで——

「俺の言うことを聞く義務があるよね」

優しい微笑みのまま、匠は言う。

「俺がどれだけ傷ついたか分かる?」

「匠、あの時、聞いてたのか……」

「あんだけ大きい声で騒いでたら、隣の部屋にも当然聞こえてるよ。辛《つら》かった。悲しかった。悔しかった」

笑顔が恐ろしい。大きく目を見開いて、匠は言う。

「キモくて無理なら、どうして付き合おうって言ったんだよ。最初からそんなことを言わなければ俺だって勘違いなんかしなかった」

「違う、あれは冗談で」

「冗談じゃない。本当の気持ちだった。冗談であんなことは言えない」

隼人は何も言葉が出て来ず、ただぱくぱくと口を動かした。

匠はふう、と息を吐く。

「もうどうでもいいよ。とにかく、目を用意してくれればいい」

匠は指を二本立てて、双眸《そうぼう》を指さす。

「目は、大事なものだから」

「それはさすがに」

隼人は庇《かば》うように自分の目を手で覆った。ものが見えなくなった、その先の人生は想像もしたくない。

「別に、自分の目じゃなくてもいいよ」

「え……」

匠の笑顔は少しも崩れない。

「誰のでもいい。問題は、隼人が本気かどうかだよ。本当に、俺に申し訳ないと思っているのか。本当に目を捧《ささ》げる気があるのか。どちらも本気なら、別に自分の物でなくても構わない」

「それって、どういうことだよ。まさか、他人から目を取ってこいって言うんじゃ」

「覚悟の問題だよ。もし、本当に、覚悟があるのなら」

隼人の言葉を無視して、匠は話を続ける。

「起きたらすぐ、裏口から出て右の方向に歩いていく。そうすると、女の子がしゃがんでいるはずだ。その子は、お母さんの言いつけを無視して、綺麗《きれい》な花を摘みに他人の敷地に入ってきてしまった悪い子だ。その子の目でいいよ」

「そんな、そんなことは……」

匠が顔を近づけてくる。笑顔のまま、指を隼人の顔に這《は》わせた。

ぞわりとする。

冷たい。死体の温度だ。

死人に体温はない。

「本当に覚悟があるのなら、できるだろう。破格の条件だよ。自分の目じゃなくていいんだから。自分は傷つくことがないのだから」

体が硬直している。

何も考えられない。拒否ができない。体が、芯《しん》から冷え切っている。

首が勝手に動く。

頷《うなず》いている。

「スコップを持って行ってね。目を抉《えぐ》り取るのに、ふさわしい形をしている」

視界がぼやけていく。

目が覚めたのか、覚めていないのか分からない。

どこにいるのか分からない。

足が動き、手が動き、心臓が動いている。

耳障りな声はもうしない。うるさくて、鼓膜が破れそうで、口に布を詰め込んだ。

びくびくとのたうっている。足に体重をかける。

指がスコップを摑《つか》み、動かし、何かを掘り出している。硬い手ごたえがある。

指先が痺《しび》れる。

腕にいくつも細かい傷がついている。爪でひっかかれたような、細くて赤い線がいくつも。

表面がつるつるとしている。湿っていて、何か紐《ひも》のように垂れ下がっている。それでも、美しい。

人間の目はきらきらしている。

スコップがもう一つの穴を穿《うが》った。

もう一方は、やや灰色がかっている。

同じ場所から取れたものなのに、少しだけ違う。

色も、輝きも、紐のようなものの形も。

「軟らかくて、潰《つぶ》れてしまいそうだ」

中に水が詰まっているのは知っている。しかし、意外と弾力があって、癖になる触り心地だ。何度もつついていると破れてしまいそうだと思って、そっと包み込む。

もう目を取ってしまったから、器には用はない。

乱雑に持ち上げて、どこかに隠そうと思う。しかし、そんな場所はない。仕方がないから、竹林の中に放り投げる。

空が曇っている。

曇りの日は、雲の白さが目に沁《し》みるほど眩《まばゆ》い。

人間の目は今、きらきらしている。晴れの日より、ずっと。

少しだけ、腰を下ろす。

周囲を見回して気がついたことは、ここは、妹が捨てられていた場所に似ているということだった。

二つの目を見る。

妹はこれくらいの年だった。

長い髪の一部だけ、耳の上で結んでいた。「うさぎちゃんにして」と可愛くねだってくる声が思い出せる。確かにいた。花模様のワンピースを着ていた。

お兄ちゃん、と呼ばれた気がして振り向く。

誰もいない。

笑いが込み上げる。誰も見ていない。

妹を殺した人間もこのように愉快な気分だったかもしれない。

これはこうれいじゅつだ。

いますぐやめなさい。

わるいものがはいる。

誰の声か分からない。

覚悟を見せた。それだけだ。文句を言われる筋合いはない。

とうとう辿《たど》り着いた。

大事なもの。

指、舌、目。

捧げたのだ。だから、もう悪いことは何もない。

死んだら極楽はあるんかいねえ、と声が聞こえた。野崎の声だ。

しかし、幸せに死にたいし、死んだあとも幸せでいたいというのは、普遍的な願いで、祈りであると思う。それは、誰にも邪魔されるべきではない。

だから野崎も死んでみて、はたして極楽があったかどうか、確かめたのだと思う。

野崎は笑顔でこちらを見ている。

ということは、極楽は存在したということで、疑いがない。

野崎ももう止めないだろう、頷いている。

頷かれるととても幸せな気持ちになる。

匠もよくこうして、うんうんと頷きながら、隼人の話を聞いた。

なんでもないことでも、うんうんと頷いてきて、気分が良かった。

気分が良かったから、少しはいい思いをさせてやろうと思った。

自分の容姿は他人より優れているという自信があった。ほんの一瞬でも、良い思いをさせてやろうと。これから先、匠が隼人より容姿の良い男に好意を受け入れてもらえることがあるとは思えない。善意だった。

これは、田舎臭い純朴さで、頷いて、隼人をいい気分にさせてくれたことへの礼だった。

善意と善意だったのだ。始まりは。

誰にも責められるべきではない。

「頷いてくれて、ありがとなあ」

隼人は立ち上がり、ゆっくりと足を進めた。焦って駆け足になる必要はどこにもない。

極楽に行くのはもう決まりきっている。

みんないるのだ。寂しくない。これが正しい形だ。

目の前に一本道が通っている。いや、違う。もうある。

隼人は少し低い場所に立っている。周りは斜面になっていて、そこにぽつぽつと、ほとけがいる。

まわりまわりのこぼとけは
歌がかすかに聞こえて、噴き出してしまう。

歌詞どおりではないか。ほとけが隼人を取り囲んで回っているのだから。

目を握り締めていることに気がつく。慌てて、拳《こぶし》の力を緩めた。

これは大事なものだ。

極楽に行くためには、大事なものを捧げる。決まりだ。恩返しだ。

拳を開き、皿のようにする。二つ、きちんとある。

相変わらず、どこに置いていいか分からない。

仕方ないから、自分の目の前に置こうと考える。

そして、
体に衝撃が走った。

すさまじい音がした、と感じたときには、体が投げ出されていた。強く地面に打ちつけられ、身を捩《よじ》る。痛い。

こんなに痛くては死んでしまう。

死んで――

隼人は痛みと共に覚醒《かくせい》する。

今まで眠っていたのが、ようやく起きたような思いだった。

複雑なことを考える前に、脳が一つの言葉で支配される。死にたくない。

頬を触ると、あまりの痛みで声が出た。何かの破片が深く突き刺さっていた。

それを引き抜く。

土埃《つちぼこり》が舞っていて何も見えない。

機械油のような臭いが鼻を突く。

バタン、と音がした。人影が見える。よろよろと近づいてくる。

「おい」

津守はぼろぼろだった。

服は元の色が分からないくらい土にまみれ、破れている。

顔には無数の切り傷があり、特にひどいのは口元に斜めに走った傷だった。赤くて、中から何かが飛び出している。

津守だと判断できたのはサングラスのおかげだ。しかし、もうそれもひしゃげていて使い物にならないだろう。

「つ、つも……」

唇が痙攣《けいれん》した。涙が溢《あふ》れる。何度も咳《せき》をした。

涙で土埃が洗い流されて気づいた。

大きなトラック。装甲車のように板が括《くく》りつけてある。

隼人の口から、喃語《なんご》のような意味をなさない言葉が零《こぼ》れる。

信じられない。

津守は、車で家を引き潰した。

瓦《かわら》が剝《は》がれ落ち、残骸《ざんがい》で覆われた家。

壁が崩壊して二階にある物置部屋が露出している。

「ど、どうして……どうして」

隼人の口からどうしてどうしてどうして、そればかりが流れた。

「どうでもえいがじゃろ」

怒鳴るように津守は言う。

「とんでもないことしくさって、クソ、今はどうでもえいわ、今すぐ逃げろ」

何故平然としているのか。

いや、平然とはしていない。脂汗が額から伝って、焦っている。しかし、悪いとは思っていないことも分かる。

他人の家を破壊しても、なんの罪悪感もないのだ。いや、罪悪感がないのは――

「逃げろち言うちょるがじゃろっ」

訛《なま》りの酷《ひど》い言葉で津守は怒鳴る。

どくどくと血が流れる頬に、ひやりとしたものが触れた。これは、匠の指だ。

「もういいじゃないですか」

隼人の口が動く。

「死んでみないと分からないじゃないですか」

こんなことを言いたくはない。それでも言葉が止まらないのだ。

「だからもういいじゃないですか、死んでみて、それから判断すれば」

バチン、と音がした。遅れて脳天が熱くなる。

痛くはない。

津守が細い腕を振り上げている。

「馬鹿野郎！」

もう一度頭を叩《たた》かれた。

呼吸が荒くなる。

恐ろしいことだ。自分の考えのはずなのに、余計なものが流れ込んできて、自分で考えたことが分からない。

「兄ちゃん」

隼人は声を出さずに津守の顔を見た。

「自分がおかしいってようやく分かったか。もう、色々は言わん」

口元に笑顔が見える。しかしそれは、歪《ゆが》んでいた。

「逃げよう。でも、ずっと見つづけろ」

何をか、というのは聞かなくても分かった。ぞろりと取り囲み、こちらを見ているほとけだ。

どこからともなくまた、歌が聞こえてくる。

隼人は鬼なのかもしれない。でも、誰も選ぶ気はない。だから、永遠に回りつづける。

一歩、また一歩と後退する。

目が痛い。雲が眩《まぶ》しい。

目を瞑《つむ》る。その瞬間、何かを踏み、隼人の足はもつれた。

少女の死体だった。吐きそうになる。

それでもどうにか踏ん張って、転ばないようにした。

そのせいだった。

「あああああっ」

津守が絶望的な声をあげていた。

目玉が転がっている。

津守が手を伸ばした。しかし、そんなことをしても、二つの目はすうっと、吸われるように消えた。

「契約だ、約定だ」

声が聞こえる。もう、何の声かは分からない。

ほとけはぐるぐると回りつづけている。

津守がへたり込む。首だけ回して、隼人の方を向いた。

「君……これを、頷《うなず》いちょると思いますか、これらは、俺たちの話を聞いて、頷いちょると、思いますか」

津守の声が震えている。

同時に、笑いも含んでいる。

そうだ、諦《あきら》めるしかない。

諦めた笑いなのだ。

「頷いとるんやない、覗《のぞ》き込んどるんや」

一斉に、ほとけの首が、かくりと動き、目が合っ

泣き仏

てんじ

元は天子という書き文字があった。天からもたらされた一筋の光の化身であると言われる。

土地の者は「山人」と呼ぶこともあった。姿は一本足の猿のようで、人と同じ言葉を話した。食べ物をやると、雨を降らせたり、また、晴れにしてくれることもあった。そのため、他の地域に見られる一本足のひでり神とも関係があるのではないかと言われる。

時折人と話すために山を降りて来る。そのときは人そっくりに化けることもあったようである。

てんじは、人間と親しくなると、ある契約を持ちかけて来る。

てんじは天の扉の門番であり、鍵《かぎ》を持っている。

大切な者をてんじに差し出せば、扉を開き、その人間は死後極楽で過ごすことを許される。

しかし、あくまで温厚なてんじは、無理やり契約を結ばせて来ることはないという。

一方で、てんじには荒々しい一面を描いた逸話も存在する。

てんじは時折怒り、人間を罰した。

ある時てんじが怒り、人里で人間を襲うことがあった。襲われた人間は、姿は保っているが、腑抜《ふぬ》けのようになってしまい、二度とまともな生活が送れなくなる。

土地の呪術師がてんじと話し合い、山に線を引き、人間もてんじもこの境界を越えないようにする取り決めを交わした。それ以来、てんじが人を襲うことはなくなったようである。

てんじは猿に似た姿をしているためか、一部の地域では山の神として祀《まつ》る人もある。

かつて高知県山間部との峠越えの交易で栄えた、愛媛県の籠名《かごな》村（現在は鳴宿《なるやど》町に合併）で行われていた祭りは、てんじを奉っていたものであり、戦後すぐまでは残っていた。

現在は一般的な猿神信仰としてのみその姿が確認できる。

〈『民間信仰―人間に制御できない人間の営み―四国エリア』大山久則著／糸島書房より〉


自殺をする人間は、心が弱いのだと思っている。

そして、もっと弱いのは、すぐに「死にたい」と言う人間だ。

そういう人間に限って絶対に死なないし、死んだとしてもうっかりミスに決まっている。そういう人間は、常日頃から、困ったらピーピーと恥も外聞もなく泣いてみせる。泣いて許されることはない。

男は泣くなと言うけれど、女だって泣いたら駄目だ。泣くのは卑怯《ひきょう》だ。泣いても何も解決しない。

そう思っていた。

私は正しいはずだった。

私の考えは誰にも否定されなかったし、皆そのとおりだと賛同した。たまに、「男勝りで可愛げがない」なんて言ってくる人もいたけれど、笑って聞き流した。私は可愛げよりも、仕事を頑張りたかった。私を頑張って育ててくれた父親と、母親に恩返しをしたかった。

大学を出してくれて、だからこうして、男と同じくらい稼げている。

可愛げがないなんて言うけれど、短大の家政学部を出た可愛げのあるお嬢さんよりも、可愛げのない私の方が高学歴で高収入のエリートたちと出会いがある。社内恋愛は自由だ。そのぶん、不倫も多いけれど。

私は仕事もして、いい人と結婚して、子供を産んで、胸を張って生きていくつもりだった。

お父さん、お母さん、私を産んでくれて、育ててくれて、ありがとう。いつもそう思っていた。

私が、とてもとても、間違っていた。

人生は嫌なことの方が多い。死にたくなるに決まっている。

泣くしかないことばかりだ。泣いて解決しないことくらい赤ん坊でも分かっていて、そんなことを指摘してくる人間は、つまり私は、頭が悪い。解決など求めていない。解決できないくらいどうしようもないことだから、泣くのだ。

そして、泣くのももう、十分だから、死にたくなるのだ。

大学を出て、いい会社に入って、お金を沢山稼いでも、使えなかったら意味がない。

いい人と結婚したって、死んでしまうかもしれない。

子供を産んだって、死んでしまうかもしれない。

幸せなんてない。

幸せという思い込みがあって、その思い込みはいつか壊れる。

死にたくなるに決まっている。

死にたくなるのは当然のことだ。

心が弱いのではない。

まともな頭があって、きちんと考えたら、誰だって死ぬことを選ぶのだ。

生きていることは苦しみの連続で、楽しいことは合間合間にある残酷な幻で、世界は

それだけなのだ。

ごめんなさい、ごめんなさい。

私の口からはその言葉しか出ることはなかった。

何に謝っているわけではない。もう傷つけないでほしいのだ。十分、十分だ。

ごめんなさい、ごめんなさい。

会社で沢山ミスをしても、それしか言えなかった。

「あのねえ、ごめんじゃなくて、どうしてこうなったか聞いてるわけ」

ごめんなさい、ごめんなさい。

上司は、大きく溜息《ためいき》を吐いて、舌打ちをした。

「なに泣いてるの？　女だから泣けば許されると思ってる？　社会はそんなに甘くないよ。ウーマンリブだかなんだか知らねえけどさあ、なんでお前みたいなの雇ったんだろうな？　女と働くのは嫌なんだよな。都合が悪くなればピーピー泣いて、男が怒鳴れば怖いのなんのうるせえ。とにかくさ、こんなことになったのはお前の責任なんだからさ、股《また》ぐら使って」

ごめんなさい、ごめんなさい。

私は下を向いて、涙をぼろぼろと零《こぼ》しながら繰り返す。額を地面に擦りつけて、同じように繰り返す。

女の土下座なんて価値がねえんだよ、と怒鳴られる。

そんなことは分かっている。

赦《ゆる》されたいのではない。

ただ、もう私を傷つけないでほしい。

私は会社を辞めた。違う。会社に行けなくなったから、クビになった。

どうでもいい。どうせ、死ぬのだから、時間の問題だった。

どこで死のうかと考える。

それで、両親の近くで死のうと思った。

死んでしまったら、死ぬ前の世界での距離の近さなんて関係がないかもしれないけれど、もしかしたら、早く会えるかもしれない。

実家は、今は祖母がひとりで管理している。

祖母は——というか、祖母の一族がその土地の人間で、実家の周辺はすべて祖母の家の人々の持ち物だ。特に意地悪な人たちではなかったけれど、若い頃逃げるように東京に出て、東京の女だった母を連れ帰ってきた父と、ぎこちない関係だったのは分かる。

祖父母にとって孫は可愛いものだという風潮があるけれど、可愛がられた記憶がない。記憶の中の祖母は、実の息子である父にさえ笑顔は見せず、口を開いても雑談などしない。要件だけ伝えて、自室に戻ってしまう。私は祖母から愛情を感じたことはない。

今の私にとって、厳しい言葉も、優しい言葉も、どちらも等しく攻撃だ。

無関心になってほしい。私のことは空気として扱ってほしい。祖母だったら、間違いなくそうしてくれる。

それに、祖母だったら、私が死のうとしても止めないだろうと思う。

祖母は私にも、私の父にさえ、愛情を持っていないのだから。

私は頭の中で、ずっと繰り返している声がある。それは祖母の声なのだ。

『あなたのお父さんとお母さん、行方不明なの。警察に通報して、山狩りとかしてもらっているけど、二ヵ月で捜索中止になるそう。あなた、そのあと民間の機関に頼む？　頼むんだったら、申し訳ないけど自分のお金でやってね。私は自分のことで精いっぱいだから。もし、お父さんやお母さんの確認とか、そういうものが必要な書類があったら、私が書くから、連絡してきて。警察から見つかったと連絡があったら私から連絡するわ』

祖母は一息に言った。

情報を頭の中で整理することすらできず、呆然《ぼうぜん》としてしまった。うんともすんとも言えなかった。しかし祖母は、

『聞きたいことがないのなら、電話を切るね。おやすみ。体に気をつけて』

そう言って電話を切ってしまった。

『体に気をつけて』という声が頭から離れない。

ああ、これが祖母だ、と思い出した。祖母は誰にも関心がない。いつもそうだった。

祖母の田舎は訛《なま》りが強く、東京で暮らしていた父にも訛りが残っている。

しかし祖母はいつもまったく訛りのない言葉で話す。誰に対してもだ。これだけで、祖母がどれほど他人に興味がないし、他人から何を言われても気にならないのかが分か

る。

祖母がどうやって結婚し、父を産んだのか謎だった。祖父は私が物心つく頃にはすでに鬼籍に入っていた。かなり無口な人で、それがあまり好きではなかったと父から聞いたことがある。無口な祖父と、一切他人に関心がない祖母。二人の関係を想像するだけで寒々とした気持ちになった。父が明るい人間なのは、反動かもしれないと思った。もしくは、朗らかな母のおかげか。

とにかく、祖母の『体に気をつけて』はこちらを気遣っているわけではない。関心がないなりに、学習した結果なのだろうと思う。こう言っておけば、最低限の礼節が保てる、という。本当に信じられない無神経さだった。私は人生の光のようなものが消えたと知ったのに、伝えた人間は『体に気をつけて』という鳴き声を発した。

一晩寝ずにぼんやりして、やっと「行方不明」ということを咀嚼《そしゃく》して、祖母に電話をかけた。祖母はすぐに出て、

『おはよう』

と言った。

ヒステリックに怒鳴り散らす元気もなかった。

『お父さんとお母さんが行方不明になったって言ったけど、それはどうして』

祖母は機械的に説明した。

父から土佐の方に行く、という連絡があった。実家は高知と愛媛の県境にあって、土

佐に行くには一つ山を越えなくてはいけない。父は、すぐに帰ってくると言った。

しかし、日が暮れても、両親の乗った車は帰ってこなかった。祖母は山の近くに住む親戚《しんせき》に電話をかけた。すると、その親戚は、山に入る所は見たけれど、その先は知らないと言ったのだという。

狭い田舎なので、悪意なく誰もがお互いを監視し合っている。その親戚以外にも声をかけて聞いたが、誰も父の車が山を降りて来るのを見ていない。

誰だって、山の中で事故を起こしたと思うだろう。駐在さんを通して、高知と愛媛、両方の県の警察に連絡することになった。祖母が電話してきたのは、両親がいなくなってから一週間も経ってからだ。

祖母からの電話があってから、まともに働くことができなくなった。お礼状の製作とか、誰でもできるようなことも。電話の受け答えで致命的な失言をしてしまったけれど、何を言ったのかまったく覚えていなくて、謝罪さえできなかった。女と仕事をしたくないと言ってほしくない。女が悪いのではなく、何もできない私が悪いのだ。私のせいで誤解される他の女性に申し訳がない。

クビになるのも当然だ。

家でぼんやりとしながら、水と白米とふりかけだけを咀嚼して嚥下《えんげ》して、そうしていたら二カ月経っていた。

『やっぱり見つからなかったって』

祖母はまた、淡々と報告した。見つかったら連絡すると言っていたのに、見つからなくても連絡してくれたのは、私への気遣いかもしれなかった。

民間の業者を頼んで捜索してもらうことはしなかった。お金がなかったのもある。しかし、それだけではない。きっと本当にもう、見つからない。

山と言っても、大きい山ではない。持ち主であった祖父が頑として山を崩して道を通すことに反対したのが不思議なくらい、何もない山だ。山を崩すことは絶対に嫌だったけれど、車道を作ることには同意したらしく、車がすれ違うのにぎりぎりの狭い車道が通っている。ほとんどすれ違うことなんてないだろうし、それで十分なのかもしれない。例えば斜面を転がり落ちたとかそういうことがあっても、一瞬で見つかると思う。ということは、両親は消えたのだ。山に入って、引き返して、どこかへ行った。あるいは、何者かが――

帰って来ない気がした。自分たちの意思でどこかへ消えたとしても、何者かにつれさられたのだとしても。

私は宙に放り出されたのだ。死んでもいいだろう。

二カ月前に彼氏に別れを告げられたのも、今となってはちょうどよかったと思える。すごく優しい人で、私はまだ好きだったけれど、私が箸《はし》の持ち方を指摘したことが、どうしても許せなかったのだと言われた。

「『育ちが悪く見える』ってさ、俺の親まで馬鹿にされたみたいで、今も気分が悪い」

あのとき私は、振られたのだという悔しさも相まって、親ではなくお前を馬鹿にしたのだと怒鳴った。そもそも、親が馬鹿にされたと思うのなら、自分の不出来ゆえに親まで馬鹿にされたということをもっと恥じ入れと。

偉そうなことを言ったものだ。立派な人間でもないのに、あんなことがよく言えたものだ。

すまなかったなどと思っても、もう死ぬのだから、意味がないかもしれない。

彼には私の知らないどこかで幸せになっていてほしい。今は、そう思う。

「おばあちゃん、そっちへ行こうと思ってるんだけど」

祖母に電話をかけると、祖母は少しの間黙っていた。回線の調子がおかしいのではないか、と一度切ろうとしたとき、

「いつ来るの？」

祖母の声には拒否の意思が乗っていた。それでも私はどうせ死ぬのだから、どうでもよかった。

「なるべく早く行きたいんだけど」

「ええと……できれば、二日くらい時間が欲しい」

それはどうして、と聞こうとしてから、なんて馬鹿な質問だろうと思う。祖母は綺麗《きれい》好《ず》きだった。少しでも散らかった状態は気に入らないらしく、四六時中、掃いたり拭《ふ》いたりしていた。祖母は来客前には特に念入りに掃除をしていた。たとえ孫であっても、

同じことをするはずだ。それに私が滞在して、汚されるのも嫌なのだと思う。たまに帰省しても、私自身が汚物であるかのように、わざわざ近くを掃かれたりした。そんな祖母が自分の死体で家が汚されたら、どんな顔をするだろうか。仄暗い想像をして、私の気分は少しだけましになる。

「分かった。じゃあ、三日後に行っていいかしら」

「いいけど」

祖母は明らかに気が進まない様子だった。しかし、私はそれを無視した。

「片づけても意味なんてないのに」

私は電話を切った後、そう呟《つぶや》いた。

私の死に場所は汚くて、散らかっているくらいがちょうどいい。

ガソリンでも手に入れれば、家と一緒にこの世から消えるのもいいかもしれない。

結果的に、私が聞いた祖母の最後の声は、電話越の「いいけど」になった。

翌日の夕方、籠生と名乗る──私も籠生なのだけれど、とにかく籠生の人が私に電話をかけてきて、祖母が倒れて亡くなったと伝えて来た。

「美和《みわ》さんはまだ若いけん、分からんことも多いでしょう。それに、お仕事が忙しいって聞いちょります。西《にし》さんの葬式は、こっちでやっときますけん」

仕事はクビになりました、とは言えなかった。

一帯に多い「籠生」という苗字《みょうじ》で呼ぶと、どこの誰か分からなくなってしまうから、人を土地の名前で呼んでいる。祖母の家は西にあるから、祖母は西さんと呼ばれていた。

「でもな、一旦《いったん》戻ってきてほしいんよ」

「どうしてですか?」

「そら、決まっちょうでしょう。西さんのお金も土地も、美和さんでないとどもこもできません」

電話口から聞こえる、おっとりとした女性の声で驚く。葬式を勝手にやるくらいなのだから、財産の話なんてするとは思わなかった。

「あの、別に……好きなように取っていただいて構いませんよ?」

「それはいけません」

さもおかしいことかのように、女性はくすくすと笑った。

「美和さんはご家族でしょう。面倒でもしんといけません」

「別に、面倒というわけじゃ……」

女性は私の言葉には反応せず、

「それでは、なるべく早く帰ってきてくださいね」

そう言って一方的に電話を切ってしまった。

受話器を放り出して、その場に倒れ込んだ。

祖母が死んだことは何も悲しくない。ただ、この世界から、「お前は死ぬべき人間だ」とはっきり突きつけられたと感じた。

あの女性だって、くすくす笑いながら、身内が死んだ人間に電話をかけてくるなんて、普段なら信じられない。しかし、死にゆく人間に礼儀など要らないということなら納得だ。

祖母はもういないけれど——当初の予定どおり、私は電話の翌々日に、家を出発した。管理人には悪いが、残った家具は捨ててもらおう。部屋の中で死なれるより、マシだと思ってほしい。

電車の中でも死にたいという気持ちは途切れながらも、続いていった。東京にはない、視界の開けたところに山が出てくる風景や、母親にもたれかかりながら眠っている子供の姿は、人間として大切な部分が柔らかく刺激される。でもそれは一瞬のことで、結局私には関係がない。死んだ方が良いと思うのだ。

東京から新大阪まで新幹線に乗って、その後は在来線を乗り継いで、ローカルバスに乗って、半日以上かけて到着したころには、ますます死にたくなっている。どうして生きつづける気もないのに、こんなに疲れなくてはいけないのか分からない。

鞄《かばん》の底を漁《あさ》ると、鍵《かぎ》につけた大きな鈴が、がちゃがちゃと耳障りな音をたてる。

「うるさいなあ」

静かに死なせてよ、と思う。疲労感で、苛立《いらだ》っていた。

そして玄関を開けながら、思い出したことがある。

カンタロウはどうしたのだろう。

カンタロウは黒柴《くろしば》に似た雑種犬で、人懐っこい犬だ。人懐っこすぎて、誰にでも尻尾《しっぽ》を振るから、番犬としてはまったく役に立たない。でも、可愛くて、近所の人からも愛されていた。

いつも、玄関を開ける前に、人の気配に気がついて、裏手の庭から走ってくるのに。

「犬ならもうおらんよ」

玄関扉を引いた途端、そんな声がした。

ぎょっとして振り向く。

「犬はな、西さんがいなくなる一週間くらい前に、死んでしまったんよ」

声の主は、中年女性だった。やや太っていて、生成りのセーターに、裾《すそ》が草臥《くたび》れたジーパンを合わせている。電話の女性は彼女だ、と確信した。

私もこのあたりの人間の顔はほとんど覚えている。うっすら記憶にある。彼女はおそらく「淵《ふち》さん」のところの二番目のお嬢さんだ。前見た時は、少し心配になるくらい細い人だったから、随分印象が違うけれど、右頬にある大きな黒子《ほくろ》はそのままだ。

「死んだって、じゃあいま、どこに」

「それは知りません。西さんが埋めたんちゃうかな。っていうか、こんにちはとか、ないんですか」

私は慌てて、頭を下げる。

「こんにちは。ご連絡くださってありがとうございます、あ、ええと、籠生さん……」

「美和さんやって籠生さんやん」

きゃはは、と彼女は若い女のような声で笑う。それだけで、神経が逆撫《さかな》でされた。

私が嫌な顔をしているのをまったく無視して、

「真理子《まりこ》でええよ」

彼女はそう言ってから、勝手知ったる様子で家に上がり込んだ。

私が止める間もなく、勝手に戸棚を開け、急須《きゅうす》と陶器のコップを出す。陶器にはクマのキャラクターが描かれていて、それは小さい頃、私が父にどうしてもと強請《ねだ》って買ってもらったものだった。

思い出を汚された。そう感じた。我が物顔で、ずかずかと踏み入って。頭がかあっと熱くなる。

「美和さん？　どうしました？」

もう少しで手に持っていた鞄を投げつけるところだったが、声をかけられて冷静になる。真理子には悪気はない。ただ、お茶を淹《い》れてくれているだけだ。

ありがとうございますと言って受け取ろうとすると、

「ああ、自分の分は自分で淹れてくださいね」

真理子の分厚い唇が、クマの耳にかかり、よだれの糸を引きながら離れる。

「それで、西さんのことやけど」

深呼吸を何度も繰り返す。こんな人に怒っても仕方がない。

真理子はきっと、躾《しつけ》を一切されずに生きてきたのだ。思い返せば、親戚《しんせき》一同が集まった場で、私を含め、皆が忙しく食事の支度をしているときにも、一人だけ縁側に座ってぼんやりと庭を眺めていた。あのときは本当に痩《や》せていたから、病気か、あるいは体が先天的に弱いとかで、あまり動けない人なのか、と思っていた。今の様子を見ると、それは間違いだったと分かる。

納得がいかないのは、小学生以下の行儀の悪い女が、なぜ西さん——祖母の財産のことを取り仕切っているのか、ということだ。

死のうと思っていたから、財産も土地も、好きにすればいいと思っていた。しかし、死ぬにしても、こんな女には絶対にやりたくないという気持ちが芽生えている。

私は黙ったまま、真理子の正面に座った。

真理子は、書類を広げて、淡々と説明した。

話は簡単で、私は祖母の名義になっていたこの家とこの土地、それに加えて祖父の名義になっている山を相続するということだった。

家と土地はさしあたって必要かもしれないが、山は——と思う。そもそも、その山で、両親はいなくなったのに。

しかし、すぐに思い直す。

良い死に場所だ。

自分のものなのだから、何をしていても、文句を言われる筋合いはない。車道が通っているところは人に見られるかもしれないから、近づかなければいい。

少し口元が綻《ほころ》んでしまう。真理子はそれを見逃さなかったようだ。

「なんや、嬉《うれ》しそうやね」

「えっ、そんなこと……」

「分かるわ。あの婆《ばばぁ》、変な女やったもん」

真理子は嫌らしい微笑みを浮かべる。

「西さん、一人だけ標準語使いよる。あんな変な女、見たことないわ。いっつも気味が悪いなあってお母さんと言うちょった」

口の前に手を当てて笑う。そんなことをしても、下劣な品性は隠せないのに。

なあ、美和さん、と真理子が言う。

「死んで嬉しいんやろ？」

唇が震えた。心の底から怒りを感じると、何も言えなくなるのだと思った。怒鳴ったり泣き喚《わめ》いたりする怒りは偽物だ。

「美和さぁん？　もしもぉし」

「帰って」

絞り出すように声が出た。震えていて、小さい。

「ええ？」

「帰って、ください」

真理子はにやついた笑みを浮かべたまま、しばらく私を眺めていた。私がこれ以上何も反応しないのが分かったのか、つまらなそうに口を尖《とが》らせた。

「言われんでも帰ります。うちの子、まだこんまいから」

真理子の太い指が、テーブルの水滴を拭《ぬぐ》うように動いている。

「西さん、可哀想やね。ひ孫見れんくて」

ガン、と音がした。次いで、脛《すね》がじわじわと痛む。テーブルの横に置いてある棚を、無意識に蹴飛《けと》ばしていた。でも後悔はない。少しでも怒りがこの女に伝わったのなら。

「こわーい」

不貞腐《ふてくさ》れたように真理子が言った。そして、挨拶《あいさつ》もせず出て行く。

玄関が閉まった音がした。

しばらく、呆然《ぼうぜん》としてしまう。目の前がぐらぐらと揺れた。眩暈《めまい》とは違う。脳が壊れていく、そんな気がする。

両親が消え、祖母は死んだ。それで、残ったのが田舎の家と、両親がいなくなった山と、最低な人間の住む土地だ。

死のう死のうと思っていた。でも――自分だって分からないけれど、さっきよりずっと死にたかった。

この気持ちにきっと底はないのだ。どんどん気持ちは落ちて行って、明日《あした》は今日よりもっと死にたいのだろう。

刃物が目の前にあったら、多分死んでいた。だからなくて良かったと思いたいけれど、あってほしかったような気もする。

真理子のことを殺したいと思う。死にたいと思っているのに、それだけは前向きにそう思う。矛盾しているかもしれない。

足に力を入れてなんとか立ち上がり、真理子の顔を思い出しながら、スポンジが抉《えぐ》れるくらい力を込めてコップを洗う。捨ててしまおうかと思ったが、手に取った時、クマと目が合ってしまった。

洗ったコップを乾燥台に上げてから、また椅子に腰かける。

「私、なんかしたかなあ」

誰も応《こた》えない。

いたとして、だ。家族を全員失って、そこに心無い言葉をかけられた人間に、何を言うというのか。

「私なにもしてないよ」

何もしていない。悪いことは、何も。

それでも今、誰もいない。

拭っても拭っても涙が出てくる。

誰もいないところに向かって誰か、誰か、と言ってみる。

しばらく無意味な号泣を繰り返して、私はテーブルに突っ伏して眠ってしまったようだった。眠った感覚はない。目覚めたのは、犬の鳴き声が聞こえたからだ。

「カンタロウ」

玄関の方から、もう一度鳴き声がした。

「カンタロウ！」

一気に覚醒《かくせい》して、私は玄関まで走る。

ハア、ハア、という荒い呼吸。カンタロウだ。

死んだなんて、嘘だったのだ。あの底意地の悪い女が、どこかに隠していたのだろう。

カンタロウは自力で帰ってきた。

カンタロウはおバカな犬だけれど、一度厳しく注意をしたから、玄関に体当たりをしたりはしない。ただこうやって、口を開けて、笑っているような顔で待機しているのだ。

「カンタロウ！」

玄関を開けると、チャッチャッと地面を蹴《け》る足音が聞こえた。姿は見えない。ただ、確実にカンタロウだ。黒くてふさふさの尻尾《しっぽ》が元気よく揺れるのを思い出す。

「カンタロウ！」

私は靴をつっかけて外に走り出る。

チャッチャッという音が聞こえる方についていく。

暗くて、何があるかも分からない。ただ感覚と記憶だけで、山の方に向かっているということだけは分かる。

何故かほとんど恐怖感はなかった。ただ思い出されるのは、カンタロウと、首輪もつけずに、思い切り走った記憶だけだ。最近はカンタロウも年を取って、日がな一日ぼんやりと日向《ひなた》ぼっこをしているだけだけれど。

ハッとする。

そうだ。カンタロウはもう老犬だ。

人を見つけると飛びかかっていったのも、散歩をせっつくように玄関の前で荒く呼吸をしていたのも、私が上京する前のことだ。

じゃあ、この足音は。

突き動かされるように動いていた足がぴたりと止まった。

それに気がついたかのように、地面を蹴る音も止まる。

視線を感じた。真っ暗闇だから、悪い想像をしてしまっているのだろうか。違う。

何かが、悪意を持って、こちらを見ている。

ざざ、と聞こえた。

かちかちと鳴っているのは私の歯だ。

ざざ、とまた聞こえた。

一歩後ろに下がる。

ゆっくり、下がる。

それでも足音を消すことはできない。

ざざ、と聞こえる。
そもそも、呼吸をしているのだから。
私が一歩後ろに下がるたびに、物音が追いかけて来る。私の反応を楽しむかのように。
頭の中が「助けて」で溢《あふ》れる。声は出ない。
出ても、誰もいない。
ここには真っ暗な闇があるだけだ。
「わおーん」
犬の鳴き真似だった。
「わおん、わおーん」
こちらを馬鹿にしたような声色で、目の前の何かは鳴く。笑い交じりで。
「わん、わんわん」
がさがさと、周りを走り回る音がする。
どこにいても、ダメだ。
体の中心から柱が引き抜かれたように、私はへたり込んだ。
人間の笑い声が聞こえている。それは私を嘲笑《あざわら》っている。
手と手を合わせて、私は祈る。
頭を地面に擦りつける。口の中に泥の味が広がる。
赦《ゆる》してください。

ごめんなさい。ごめんなさい。

もう私を傷つけないでください。

もう十分だから。

これ以上やめてください。

どうか。

どうか。

どうか。


「坊《ぼん》、おまえ、またこんなところで寝て」

優しく揺すり起こされる。

体が痛い。

「おっつけお父も返ってくるけん、帰るよ」

草の臭いがした。鼻が痒《かゆ》い。

「ほら、はよう」

手を強く引かれる。口から「おこらえや、お母」という言葉が出てきた。

優しい顔の女だった。目尻《めじり》が下がっていて、そこに皺《しわ》がいくつも集まっている。よく笑うからだ。

がさがさの感触の手がなんだか嬉《うれ》しい。きっと、絹の服だって、これより嬉しくないだろう。

「祝いましょう　祝いましょう」

女が歌っている。自分の口も、同じように歌っている。

「おだいこくさまは　いちにたわらふんまえて　にでにっこりわろうて」

トンボがたくさん飛んでいる。トンボは赤い。空が茜色《あかねいろ》だからだ。

「むっつ　むびょうそくさいに」

田も茜色に染まっている。

視界に入るすべてが優しくて、美しかった。

女の手をしっかり握り、ゆらゆらと揺らす。女はそれが嬉しいようで、歌いながら、こちらを何回も見た。

茅葺《かやぶき》屋根の家に入ると、女はいそいそと準備を始めた。竈《かまど》の火を熾《お》こし、飯を炊き、大きな鍋《なべ》に芋や栗、木の根のようなものを入れて煮ている。

それをぼうっと見ていた。女は、あれをしろだとか、これをしろだとか言わなかった。火に近づいたらいかんよ、と言った。だから、やや遠くから、ぼんやりと見ていた。

外がすっかり暗くなった頃に、男が家に入ってきた。

背は低いが、手足の太い男だった。節くれだった、さかむけだらけの指で頬をつついてくる。

「やめとき、嫌がっとるやないの」

男は女の制止も聞かず、やわこい、やわこい、と言いながら何度もついた。迷惑そうな顔を作ってみる。実のところ、まったく迷惑ではない。

女は木の器に汁を注ぐ。茶碗《ちゃわん》の飯には、色々な穀物が交じっていた。

男が最初に汁に口をつけ、そのあと、女に食べてもええよ、と言われる。

自然と「うまい」と口に出す。味の問題ではない。温かさがあるのだ。

胡坐《あぐら》をかいた男は、箸《はし》で飯をかきこんだ。

「お代わり？」

そう聞いた女を手で制する。

「また降りて来たわ」

男がそう言った瞬間、女は絶望的な顔をして項垂《うなだ》れた。しかし、こちらが見ているのに気づいたのか、顔を歪《ゆが》ませながらも、座りなおす。

「降りて来たゆうのは」

「おう、てんじや」

「どうしたらえいんじゃろ……」

「今度、南《みなみ》と話し合《お》うてくるけん、タケはなるべく外に出さんようにな」

「はい、ほうやね、ほうするわ。おそろしいことやね……」

急に女が寄ってきて、抱きしめてくる。口の中から飯粒が零《こぼ》れた。

「おそろしいなあ、おそろしい……」

しきりにおそろしい、と繰り返す女の背中を、男は掌《てのひら》で擦《さす》った。

なぜか嬉しくて、男と女の——両親の手を握る。三人で身を寄せ合うような格好になった。温かかった。

体を軽く拭《ふ》いて、床に入る。

母は疲れていたのか、すぐに眠ってしまう。

私はぼうっと眠気が訪れるのを待った。

ごろりと体を捻《ひね》る。目の前に父の顔があった。

父は目を開いたまま、私の顔を見ている。

「なあ、タケ」

父が私の名前を呼ぶ声は優しい。近くで見る父の眉《まゆ》は、右が少し欠けている。

「タケ、おそろしいもんを見たら、どうする」

「逃げる」

私は答えた。それ以外方法はないと思った。

しかし父は首を横に振った。

「逃げても追ってくる。どうする？」

私はクマのことを思い出した。

嘉平《かへい》じいさんの倅《せがれ》は、クマに襲われて死んだ。嘉平じいさんの顔にも、大きく引き攣《つ》った傷跡が残っている。

「死んだふりをする」

「半分は合《お》うちょる。半分は間違《まちご》うちょる」

「半分？」

父は頷《うなず》いた。

「死んだ真似をするのはいかん。死ぬのは正しい」

「嫌や」

私は目いっぱい、寝転がっている姿勢でできる限界まで首を横に振った。

「死んだら、どうしようもないやないか」

「死ぬ気になる、ゆうのが正しいな」

「頑張るとゆうこと？」

「ちがう。もう死んだと思うとゆうことや。もう、死んでしまって、自分の体は自分のものではないと思うとゆうことや」

私は父が何を言っているか分からなかった。黙っていてもそれを気にする様子はなく父は続ける。

「タケ、お前の大事なもんはなんや」

私の頭には色々なものが浮かんだ。

川で拾ったつるつるとした石。

七色に光る虫の翅《はね》。

父が竹で作ってくれた神輿《みこし》。

私がどれを言おうか考えている間に、父は手を顔に伸ばしてくる。

「タケ、お前の大事なもんは、目ェや」

「目ェ？」

「ほうや」

思わず目を瞑《つむ》る。迫ってくる父の指が恐ろしかったからだ。

父は瞼《まぶた》の上に指を優しく置いた。

「一番は、目ェや。次は、舌や。最後は指や」

「ほうなん？」

父は頷く。

「ほやけん、まず指を置いていく。それでもあかんようやったら、舌を置いていく。もうどうしょうもないようになったら、最後に目ェ置いていくんや」

私はまた、想像する。

指がなくなったら物は持てない。

舌がなくなったら喋《しゃべ》れない。

目がなくなったら何も見えない。

「嫌や」

どれも絶対に嫌だった。

そんなことをするくらいなら、

「死んだほうがましか？」

私の脳内を覗《のぞ》き見たかのように父は言う。

「死んではいかん」

父は私を強く抱きしめた。汗の臭いが鼻に通る。それは不快ではない。父の臭いは、私にとっては安心するものだった。

不安を掻《か》き立てたのは、父の心臓が激しく脈打っていることだった。

「死んではいかん」

そのとき、家の外で、誰かが話しているような声がした。

父はますます強く私を抱きしめた。


目が覚めた時、身震いするほど寒いと感じた。

私は、父に抱きしめられて眠ったはずなのに――

いや。

違う。

私は、固いものの上に体を横たえている。

昨日あったことを思い出してみる。

私は、カンタロウの足音に連れられて、山の中に来たけれど、犬の鳴き真似をする何者かに追いつめられて……そこまでは覚えている。

自分の手足を見ると、部屋着のままだということが分かる。正しい記憶だ。

夢を見た。多分夢だ。

私はいい大人で、女だ。訛《なま》りもほとんど消えた。

いくらここが田舎だからといっても、茅葺《かやぶき》屋根の家も並んでいない。

だから、あれは夢だ。

体を起こす。背中が痛い。信じられないことだが、私はここで一晩眠ってしまったのだ。

溜息《ためいき》を吐く。あまり目覚めたくなかった。

立ち上がってみると、前方に、小さな祠《ほこら》のようなものがあることに気づいた。

簡易的な屋根と壁で守られているのは、地蔵のように見えた。

しかしこれは、地蔵ではない。これは、「ほとけ」だ。

母は、山の中にそういうものがあると、私に話したことがあった。

民間信仰で、辛《つら》い時や悲しい時、これに向かって祈ると、気持ちが軽くなるのだとか。

私はついて行きたがった。その頃は、どこへ行くにも母と一緒でないと泣いていた。

他のことはすぐに折れてくれる母も、なぜか「ほとけ」の元に通うことに関しては、頑《かたく》なに私の願いを拒否した。つまり、一度も連れて行ってもらったことがないのだ。「ほとけ」の優しい面立ちと、供えられている慎《つつ》ましい花を見て、これは「ほとけ」だと確信する。仏像というには、あまりにも簡素な見た目だが。

逃げている最中は必死だったし、外も真っ暗だったから、このようなものに気がつかなかったのだろう。

問題は、あの夢だ。

夢、というにはあまりにもリアルだった。

母の手の温かさは本物だったし、茜色《あかねいろ》の田園は脳裏に焼き付いている。食べ物の味は美味《おい》しかった。それに何より、誰が何と言っているか、はっきりと聞こえた。

私は途中からあの家の子供「タケ」として振る舞っていた。とても幸せな家だった。

朝日に照らされた「ほとけ」の顔を見る。優しい顔に後光が射しているように見える。

家族をすべて失った私に、家族の夢を見せたのはこれなのか。臆測《おくそく》だ。夢は夢で、現実に起こったことではない。そんな迷信じみた考えに囚《とら》われるのは恥ずかしいことかもしれない。

それでも、母がどうしてもついて来られたくなかったのが分かるような気がした。

この「ほとけ」の前にいると、なんだか涙が溢《あふ》れ出てくる。それも、泣いているのに、悪い気分ではないのだ。

私はしばらく黙って涙をだくだくと流した後、空腹感を覚え、家に戻ることにした。めちゃくちゃに走ってきたわけだから、帰宅するのに苦労するかと思いきや、そんなこともない。なんとなく明るい方へ歩いていると、急に開けた場所があって、そこから遠目に集落があるのが見えた。

私はもう一度振り返って「ほとけ」にお辞儀をした。なんだか、見守られているような気がしたからだ。

太陽はまだ昇り切っていないから、時間としては早朝だと思う。

部屋着の自分に少し気恥ずかしさを感じ、人がいないかきょろきょろと見回しながら歩く。

見回したところで人に出くわしたら隠れるわけにもいかない。

結局、自宅に近づいたところで、腰の曲がった老人とすれ違うことになり、軽く会釈をした。

それで去ってくれると思ったのに、老人は見た目からは想像もできないような機敏さで近寄ってくる。

近くで見ると、顔が横に広がっていて、唇が窄《すぼ》まっているのが分かった。この人も、親戚《しんせき》の集まりで見たことがあった。名前は思い出せないが。

「お山行ったんか」

挨拶《あいさつ》もなしに馴《な》れ馴れしく話しかけてくる態度に辟易《へきえき》としながら、私は頷いた。

「はい、散歩しようかと」

「ふうん、それはええことやね」

老人は意外にも優しく微笑んでいる。

「いっぱいいっぱい、おてておわせたらええわ」

私は、ほんの一瞬前に老人の笑顔に安心したのを後悔した。

老人の口元は不気味に歪《ゆが》んで、笑顔のようなものを作っているのだ。

「ほしたらなあ、近づいてきてくれるわ。やけん、いっぱいいっぱい、おてておわせたらええ」

「私、もう、行きますねっ」

私は小走りで立ち去る。老人の声が耳に残る。いっぱいいっぱい、おてておわせたらええわ。

帰宅してもずっと、なんだか不愉快だった。間違いなく老人のせいだ。

記憶をたどれば、あの人は祖母の親戚の人間だったような気もする。

時刻はまだ朝の五時だ。

農家をやっている人間ならそれくらいに起きていても不思議ではないが、あの人の家はここからだと少し遠いところにあったはずだ。

監視されている。

監視、などと東京で言ったらおかしな妄想として扱われるだろうが、この土地では何の不思議もない。

東京で働いている――現在は働いていた、だけれど――それだけで十分好奇心を掻き立てる存在だということに自覚はある。このあたりの女は、大体が高校を卒業したら、このあたりの出身の男と結婚をし、家庭に入り、一生を終える。

多分、私のすることは全部見られていると思った方が良い。

気持ちの良いことではないが、諦《あきら》めもある。どうせ死ぬつもりだし、何を思われてもどうでもいい。

それより、死ぬにあたって考えなければいけないことがある。それは夢よりも、昨日起きた怪奇現象よりも大事なことだ。

どうやったらこの家を、私が相続した財産を、真理子や、その親戚に使われないですむかということだ。

立ったり座ったり、コップに水を入れたりするだけの無為な時間を過ごす。そして、いつの間にか、夕方になっている。

ふつう、何もなければ時間の流れはゆっくり感じるはずだ。なのに、どうしてだろう。気ばかり焦って、何一つ進んでいない。

とりあえず、私がこれにハンコを押さなければいいのではないか、とそう思う。こんなの、一瞬で導き出せる対策だ。土地の権利書を隠す。誰にも見つからないところに。

これでどうなるかは分からない。

私が中学生くらいのとき、五十歳くらいだった男の人が農作業中に倒れ、帰らぬ人となった。彼の妻は亡くなっていて、息子は不良で勘当同然に家を出て行き、連絡がとれなかった。

残った畑と土地の権利書がどこにあるか長いこと分からなくて荒れ放題だった。何年か経って、なしくずし的に隣の畑の所有者が使っていた。財産は、どこかへ行ってしまった息子ではなく、国に渡った。

つまり、権利を譲渡しないうちに死ねば、少しだけ嫌がらせができるのだ、と私は判断した。父も母も行方不明となれば、きっと真理子たちに財産を吸われることもない。

時計を見ると五時になるかならないかだ。

明日《あした》、朝から遠出をして、金庫を買ってくるしかない。どうせ死ぬのだから金に糸目はつけない。最新型の、閉めた人以外は絶対に開けられない、一番堅固なものを選ぼう。念には念を入れて、隣の県まで出て行く必要があるかもしれない。本当に、付きまといかと思うくらい、色々なところからこっそりと監視する人が多いから。

お茶を淹《い》れ、腰かけると、ガチャガチャと玄関から音が聞こえる。

「美和さん」

真理子の声だ。

「美和さん、鍵《かぎ》なんかかけて、いてるんでしょう?」

戸をバンバンと叩《たた》く音も聞こえる。

嫌な女。下品な女。どうやって生きてきたらこんなことができるのだろう。信じられない。

「美和さん、昨日の続きお話ししましょうよー」

無視を決め込む。あんな女と話すことなんてひとつもない。

「西さんがどんなふうにくたばったかも教えてあげるからさぁ」

カッと頭が熱くなる。出て行って、思い切りぶん殴ってやろうかと思う。

でも、なんとか堪《こら》える。ここで出て行ったら思う壺《つぼ》だ。話し合いのテーブルに着いたことになり、そんなことになったら、身寄りのいない私は、あっという間にあの女の思いどおりになってしまう。

真理子はしばらく、聞くに堪えない、わざと神経を逆撫《さかな》でする言葉を吐き散らしていた。

耳を強く塞《ふさ》いで布団に潜り込む。早く帰れ、早く帰れと呪文《じゅもん》のように唱える。

そうしているうちに、私の瞼《まぶた》は、ゆっくりと落ちて来た。

大きな桶《おけ》に、死体が詰められている。

「お父ちゃん」

私は桶を覗《のぞ》き込んで、中に手を差し入れる。

「お父ちゃん」

周囲の大人たちは誰もやめろとは言わなかった。

私は父のごつごつとした手を摑《つか》み、ひきつけを起こしたように泣き喚《わめ》く。泣いても騒いでも、二度と肌は熱を取り戻すことはなく、冷たく、しっとりとしている。

「おとうちゃあああん」

呆然《ぼうぜん》とへたり込んでいる母の姿が横目に見えた。

私は後ろから何者かに抱きかかえられ、桶から引き剝《は》がされる。

桶の蓋《ふた》は閉じられ、地中に埋められた。私はそれでも泣き止まなかった。

父が死んでから、母のマサは、別の人間になってしまったようだった。

一日のほとんどをぼんやりと過ごし、夜になると私を置いて家を出て行く。そして、明け方になると、食料をかかえて帰ってくる。母はそれを貪《むさぼ》り、残ったわずかな分を私に投げて寄越《よこ》す。温かいものを口にすることがなくなった。私の腕は細くなり、反対に腹に水の溜《た》まった感じがあった。

私も近所の人間に頼んで、何かの仕事を手伝い、その見返りとして食料をもらったりもしたが、次第にそれもなくなった。きっと、私が臭うためだろう。

大人はそれでも、公然とひどいことをしてくる人間はいなかった。そもそも、この土地自体がそう裕福な土地でもなかったから、他人に構う余裕もなかったはずだが、同情心からか、ごくたまに話してくれたり、菓子のようなものを渡してくれる人間もいた。

子供たちはひどく残酷だった。

私と遊んでくれる人間は誰もいなくなった。そればかりか、故意に足をひっかけたり、私の膨らんだ腹を見て嘲笑《あざわら》う者もいた。

ある日、私は少し遠くまで歩いて行って、木の実や茸《きのこ》などを拾おうとしていた。道を歩いていると、

「乞食小僧」

誰かが言った。

私は言ったものの顔を見ようと振り返る。しかし、その前に、背中を蹴《け》られる。

「乞食小僧、臭いんじゃ、近寄るなや」

確かに、私の服は汚れている。体もあまり洗えていないし、爪だって伸びている。周りの子どもたちより小さく、痩《や》せている。しかし、それでも懸命に生きている。

「親なしの乞食小僧じゃ」

「お母ちゃんがおるわい！」

私は震える声で怒鳴った。でも、子供たちは嘲笑うばかりだ。

「乞食の子供じゃけ、乞食小僧じゃ」

私は呆然とした。子供たちはこーじき、こーじき、と音頭を取って笑っている。この悪意に対抗する術《すべ》がないのだ。

足さえも動かない。何かを言うにしても、唇が震えて言葉が出てこない。下を向き、

いる。

拳《こぶし》を握り締める。それしかできない。

「やめろ！」

大きな声だった。子供の声だ。しかし、他の子供たちと違い、太く、どっしりとしている。

餓鬼大将だった。

彼は他の子供より頭一つ大きい体を揺らしてのしのしと歩き、子供たちの真ん中を堂々と通った。睨《にら》みをきかせながら、ドン、と地面を蹴る。

「何を言うか！　タケん家《ち》はかあちゃんが頑張っておるんじゃ！　頑張って金稼いで暮らしちょる！　乞食なんて言いなや！」

私は驚いた。

いつも、他の子のものを取ったり、気に入らないことがあれば殴ったりする奴だった。しかも、このあたりで一番川に近い家の子だった。生活に必要な水源を管理している家には誰も逆らえない。

それが、今、私を庇《かば》っている。

どうしても口元が緩んだ。根は優しいのだと思った。

ありがとう、と言う。

餓鬼大将は気にするなとでも言うように私の肩を優しく叩いて、

「この際、はっきり言っておこう。お前のかあちゃんは饅頭《まんじゅう》じゃ」

私はじっと、餓鬼大将の顔を見つめた。ふてぶてしく横に広がった丸顔を、さらに歪《ゆが》めている。

「ターケのかーちゃんはまんじゅうじゃあー　りくにあがった　りくまんじゅうー」

おかしげな調子をつけて餓鬼大将が歌う。つられて子供たちも歌った。歌いながら私の周りをぐるぐる回る。

顔から血の気が引いていくのを感じた。

船饅頭という言葉がある。

それは、夜、船着き場の小舟に茣蓙《ござ》を被《かぶ》って座っている女の人のことだ。顔はよく見えない。

あれは何かと一度聞いたことがある。誰も答えたがらなかったが、一人の酔っぱらいがろれつの回らない舌で答えた。あれは船饅頭といって、夜な夜な舟の上で男の相手をするのだ、と。

子供たちは楽しそうにはしゃぎながら回る。

その場で暴れて、誰か一人でもこてんぱんにするくらいの力があったら、勇気があったら。

私が感じていたのは、怒りでも、悲しみでもなかった。絶望だった。この世界にもう希望はないと思った。

私は走り去った。泣きながら、走って、誰もいないところに行きたかった。

走って走って、私は竹林の中に入った。薄暗くて、誰もいない。父はここには入るなときつく言っていた。そんなことを言われなくても、誰も入らない。そういう場所だった。

ただ、私は今だけは、誰も近づかない薄暗さに救われている。

竹林を掻《か》き分けて、座れるところを探した。すると、奥に、うっすら光が見えた。

なんだろう、という好奇心が湧《わ》いてくる。私は光に向かって、ずるずると進んだ。

道があった。

一本道だ。

このあたりに来ないから知らない道なのかもしれない。ただ、誰も来ないこんな場所に、このように整備された道があるのは奇妙なことだった。

それでも、好奇心が勝って、私はそこへ入った。

歩いていくと、木でできた板がどこにも支えがないのに立っている。

はてどういう仕組みになっているのかと覗こうとすると、

「この先に行きたいの？」

そう言われる。

きれいな女の人だった。淡い紅色の着物を着て、髪は風呂《ふろ》上がりのように結っている。

私は途端に、自分の身汚さを恥じた。

「この先に行きたいの？　行きたいんやったら、指をおくれ」

「指……」

「ほうよ、右に五つ、左に五つ」

女の人は、なんでもないことのように言う。

私は恐ろしくなり、首を横に振った。

女の人はそれを見ても、表情を変えることなく、「ほう」と言った。

女の人がきれいなことは間違いがない。でも、とても臭い。獣のような臭いがする。

「この先に行きたいんやったら、指をおくれ」

女の人はそれ以外何も言わない。こちらに顔が向いているけれど、瞳《ひとみ》には光がない。

獣臭が鼻腔《びくう》に充満する。

堪《たま》らなく恐ろしくて、私は後ずさりしてゆっくりと彼女から遠ざかった。彼女は追ってては来ない。

彼女のことが見えなくなってから、走る。

指を要求された。

この、指だ。

垢《あか》と泥の詰まった爪。割れてざらざらとした皮膚。汚い指。でも、だからと言って要らないわけはない。指なんてあげてしまったら、物が持てない。

見たことのない女の人だった。私は小さい頃からこの場所にいて、若い女の顔は全員分かる。あの人は一体何なのか。

考えるだけでまた背筋にひやりとしたものを感じる。

いつの間にか家の戸が見えて、私は中に入った。

驚いたのは、母がいたことだ。しかも、目が合う。

一瞬、母が元のとおりになったのかもしれないと考える。元のとおり、「おかえり、タケ」と笑いかけてくれるかもしれないと。ほんの一瞬だ。すぐに違うことは分かる。

母は冷たい目をして私に言った。

「明日《あした》、行くから」

どこへ、とは聞けない。行くところは、決まっているからだ。


目が覚める。

そして、すぐに絶叫しそうになる。

私は、またあの場所で倒れていた。

小さなほとけがある。

そんなことはありえないのに、私はほとけから目を離さないようにしながら、ずるずると後ろに下がる。

そして、走って道を下った。また早朝だ。今度は誰もいない。でも、誰がいたとしても、無視するつもりだった。家に駆けこむ。

信じられない、ありえない、信じない。だって、私は昨日、真理子のしつこい声かけに耐えかねて布団を被って、そのまま寝たはずなのだ。なぜほとけの前にいたのか。気味が悪い、吐きそうだ。

死ぬと決めてここに来たけれど、恐怖という生理的な反応はどうにもならない。それとこれとは話が別かもしれない。

私は便所で、本当に吐いた。透明な液体しか出てこなかった。

口を何度も漱《すす》いで、体を洗ってから、時計を確認する。まだ朝だ。

テーブルの上には真理子が持ってきた資料がそのまま放置されている。それを見て、金庫を買いに行こうと決めていたことを思い出す。

本当はもう家から出たくない。布団を被って震えていたい。

でも、布団を被っていたら、知らぬ間にあのほとけの前にいたのだから、外に出た方が良いのかもしれない。

深く考えると恐怖で叫び出してしまいそうだった。早く命を絶てばいいのに、もし死のうとして、あの夢の続きを見ることになっても嫌なのだ。

可哀想なタケ。何もしていないのに、何も悪くないのに、あっと言う間に村の最下層になってしまった。

タケが囃《はや》し立てられていた場所には見覚えがあった。小学校へ向かう通学路だ。

私も、ああやって囃し立てられたことがある。あの頃から私は周囲をみんな馬鹿だと思って見下していたし、その生意気なところが気に食わないと思われていたのだろう。

でも私はタケと違って、優しくなかった。

「偉そうなこと言っとるけど、あんたたち、勉強も運動も私よりできないやないの。私よりでききんもんの言うこと聞く価値ないわ」

いじめっ子にも強い口調でこんなふうに言い返していたから、ちくちく厭味《いやみ》を言われることはあっても、直接的に嫌がらせをされたりはしなかった。

それにしても、昔も今も変わらないと思う。

子供は卑怯《ひきよう》で残酷だ。

子供が親のことを好きなのは当然なのに——いや、分かっているからこそ、親のことを悪く言って傷つけようとする。

私も言われた。お前の母親は汚れていて、みたいなことだ。

私の場合は事実無根だったから、どうせ田舎の人間が都会の女という存在に偏見と嫉《しっ》妬《と》で馬鹿なことを言っているのだと相手にしなかった。

でも、タケの場合は違う。

父親が死に、貧しい村には女子供に回してやる仕事もない。

そうなってくると、暮らしのために、マサが体を売っていたとしても不思議は無い。

生活のためなのだから、責められる謂《いわ》れはない。しかし、堂々としているのは難しいだろう。私だって、水商売の人間への偏見がないと言ったら嘘になる。

タケの更に悲惨なところは、母親もまた壊れてしまっていることだ。家でも外でも彼には拠《よ》り所がない。

不愉快な気分だった。悲しくて、怖くて、嫌な夢だ。嫌なだけではなく、恐ろしい。続きが恐ろしい。あの母親は、タケをどこに連れて行くのだ。続きを見たら、それが分かってしまう。

どうしても、私の脳が作り出したもので、夢は現実とは違う、そういうふうには割り切れない。

私はタケの深い悲しみも、心臓が破裂するような恐怖感もまるきり自分の感情として持っていた。私は飢えていて、歩くと眩暈《めまい》がして、体のあちこちが痛んだ。私は、確かにタケだった。

とにかく外に出よう、と思う。こんな感情のまま、また真理子と話すようなことがあれば、殺してしまうかもしれない。

顔を洗って、鏡を見る。

若い女の顔。やせっぽちでもないし、埃《ほこり》まみれでもない。私は籠生美和だ。タケではない。

家を出る直前になって思い出す。私は考え無しだ。

私は真理子の来訪時、留守にするために今まさに外出をしようとしている。

しかし、家を出たら、その瞬間に真理子や親戚《しんせき》の人間に囲まれるかもしれないではないか。

私は自分の愚かさを恥じ入りながら、玄関扉の内側に箒《ほうき》を立てかけた。これで、無理やり扉を破壊でもしなければ、開くことはない。

食料を確認する。

米と調味料、卵が四個、それに魚肉ソーセージとサバの缶詰がある。

しばらく籠城《ろうじょう》しても大丈夫そうだ、と判断する。勿論《もちろん》籠城してもどうにもならないのだが、少なくとも考える時間ができる。

なんでこんなに気を遣わなくてはいけないのか、忌々しい。

私は、この土地の人間に言わせれば勝手な生き方をしてきた。

勝手に勉強をし、勝手に東京の大学に受かり、勝手に東京で働いている。女ならば、もっと早いうちに結婚し、子を産み、同じ土地の人間として一生を過ごす。そういう風にすべきだと。表立って嘲笑《ちょうしょう》混じりに言ってくる人もあれば、こそこそと厭味のように言う人もあった。

男勝りで、生意気で、はねっかえり。こんな人間なのだから、普通、どんなに気が強くても、いじめられて当然だと思う。夢の中で見た餓鬼大将のような人間は、残念ながら現実にもいた。子供だけではなく、大人も、老人も。

東京の大学に進学してから、表立っての嫌がらせはなかったが、皆一様にそういう悪意とお節介を含ませて、私ではなく、私の母に言って来た。嫁の貰《もら》い手がない、などという黴臭《かびくさ》いセリフまで。

母はずっと都会で暮らしてきたというのに、よくこんな土地でうまくやっていけていたと思う。いつまでこんな人間たちに気を遣わなくてはいけないのか。

今回でますます、親戚との密接な付き合いは嫌なものだと思わされる。

昔のことを考えていると、恐怖よりも苛立《いらだ》ちが勝ってくる。

イライラしながら立ち上がったり、座ったりを繰り返していると、玄関で物音がした。

確認しに行っても、玄関扉の曇りガラスには何も映っていない。

「はぁい？」

恐る恐る声を出してみる。中に人間がいると分かったことで、警告になるかもしれない。

そんなことをしても無意味で、静まり返っている。

しかし、気配のようなものがするのだ。私は一気に扉を開ける。

「あえ」

喉《のど》から、間抜けな声が漏れた。

何もいない。しかし、確実に何かがいたという証拠がある。

臭い。

何とも言えない臭気が漂っていて、鼻腔《びくう》がひくついた。

それに、埃のような何かが舞っている。それを吸い込んでしまい、噎《む》せる。

喉に引っかかるような不愉快な感触。何度も咳《せき》をして、どうにか吐き出した。掌《てのひら》に、唾液《だえき》と共に茶色の糸みたいなものが付着している。

これは一体なんだろう。

ふと地面を見ると、茶色い糸がいくつも落ちている。

毛だ。

とても太い、毛。

それが玄関に撒《ま》いてある。

しゃがんで、触ってみた。

人間の毛ではない。

金に近い茶色で、柔らかくて、とても臭い。

「何よ、こんな」

それ以上、何も言えなかった。

目の前に、

大きくて、

金色で、

光っていて、

笑っていて、

猿が、

「まわりまわりのこぼとけは」

ああ、私が鬼だ。私はこうして、選ばれるのだ。

決まりきっている。

「線香　抹香　花まっこう　樒《しきみ》の花でおさまった」

決まった字数だ。だから、誰を指さすのか、決めておくことができるのだ。

こうなることは分かっていた。こういう遊びだ。

犠牲者を決める遊びだ。

この土地の、誰かが持っている、何か。すべてが曖昧模糊《あいまいもこ》とした宝。昔、これと引き換えに子供をひとり、猿に捧《ささ》げる約束をした。そういう言い伝えがある。

誰かがした約束を、私たちが守らなくてはいけない。

「今日は子供だけで遊ぶんやて」

子供だけという言葉は、私たちにとって、死んでこいと言われるのと同じだった。

何度同じことをしても、慣れるものではない。

まだ父が生きていた頃からこの遊びはあった。

大人たちが見ている中で、子供たちは回り回りの小仏をする。

そして、それで選ばれた子供が、捧げられる子供だ。神様に選ばれるという、名誉なことだ。

私は死ぬのが怖かった。こんなことはおかしいと思っていた。早く大きくなりたかった。でも、私は誰よりも背が小さく、痩《や》せていて、きっと誰よりも長く子供のままで居つづけるのだ。だから、誰よりも長く、列に並びつづけなくてはいけない。

これまではたまたま、私は選ばれなかった。奇跡のようなことだ。その奇跡がいつまで続くのか。

今日こそは駄目な気がした。

目の前にいた餓鬼大将がニヤニヤと笑いながら、

「今日でタケとはお別れやな」

取り巻きが一緒になって嗤《わら》う。私は唇を嚙《か》みしめて下を向いた。

きっと、もう決まっているのだと確信する。餓鬼大将の家はこのあたりでは一番水源に近く、だからこそなんでも決める権利を持っている。誰も逆らえない。

奴にはきょうだいが上に二人、下に一人、女までいるのに誰も当たったことはないのだ。

餓鬼大将の家の人間も皆、彼と同じように、横暴で意地が悪く、人からものを奪ってもなんということはない顔をしている。

悍《おぞ》ましい遊びの取り決め役はいつも、これは神のお告げなのだから、平等であるというようなことを言った。

でも、この遊びで当たるのは、餓鬼大将の家族のような悪い人間ではなく、弱くて貧しい、何もしていない子ばかりだ。

私だってもう分かっている。

これは大人たちの匙加減《さじかげん》だ。奴の家の人間のように強い者たちが、気に入らない人間をあらかじめ決めている。

今までは何事も起きなかった。それはまだ父が生きていたからだ。

しかし、私の番が訪れたのだ。

確実にそうなる。今現在、私は餓鬼大将にいじめられ、苦しめられる役どころなのだから。


「ほら、はよ入りなさい」

栄吉《えいきち》という、村の男に誘導されて、寺のお堂に通される。

寺と言っても、由緒正しい立派な寺ではない。

ご本尊は焼けたのか、盗まれたのか分からないが、存在しない。

住職も、僧侶《そうりょ》さえも一人もいない。

そんな寺でも完全に棄てられていないのは、村の住人で協力して、維持しているからだ。どうしてそこまでして維持しているのかというと、広いお堂を自由に使うためだと言う。つまり、広い建物として存在しているだけだ。

中はがらんどうで、寒々しい。

言われたとおりの位置に立ち、遊びが始まるのを待つ。右隣に立ったのが餓鬼大将の腰ぎんちゃくで、

「タケと手なんて繋《つな》いだら、腐ってしまうわ」

そんなことを言いながらわざとらしく両手を、汚れを払うように擦り合わせた。

遊びの始まりは唐突だった。

栄吉が「最初は君や」と言って、餓鬼大将を中央に座らせた。

「じゃあ、おいちゃんが歌うき、みんなも一緒にやろうな」

栄吉は笑顔で歌い出す。私も、同じ歌を歌う。

「まわりまわりのこぼとけは」

皆で歌いながら彼の周りを廻《まわ》る。

私のことを、皆が見てクスクスと笑う。私の足と爪を見て、汚いと言って嫌な顔をする。

輪の動きが止まる。

餓鬼大将はたっぷり時間をとって、ニタニタとした顔で私の反応を見ている。

「線香　抹香花まっこう樒の花でおさまった」

その瞬間、餓鬼大将は、私の顔を見ていた。信じられない、そんな顔で。

餓鬼大将の大きな丸顔から血の気が引いている。

餓鬼大将は、自分自身を指さしていた。

「嫌じゃァ」

絞り出すように彼は言った。普段とは違う、幼児のような声だ。

「俺やない、俺やない、もう一度、もう一度じゃ！」

「おう、もう一度じゃ！」

餓鬼大将と、その祖父が大声で言う。

しかし、みんな、寒々とした顔で彼らを見ていた。

一番驚いていたのは私かもしれなかった。

なぜ、彼が選ばれたのだろう。いや、なぜ、彼は自分自身を指さしているのだ。

これはそういう遊びではない。中央に座る子供が選ぶのだ。選ばれるはずがない。自分を含めて数える決まりなんてない。

「嫌じゃ、嫌じゃ、死にとうない」

彼は顔を真っ赤に染めて、涙と鼻水を飛ばしながら、大きな丸い顔をぶんぶんと振る。

嫌な奴だった。誰に対しても意地悪で、暴力的で、誰も逆らえなくて。そんな奴が今、声を振り絞って泣き喚《わめ》いている。

神様のお告げというのは、本当だったのか。

「もう決まっとるけん」

誰かがぼそりと言った。

「選ばれたけん、名誉なことじゃ」

餓鬼大将の祖父は怒り狂った。ひきつけを起こし、皆に取り押さえられた。

選ばれた、名誉なことだとは、かつてこの遊びをした日に、彼が皆に言った言葉だ。

何故私が無事だったかは分からない。

幸運だった、そうかもしれない。それに、私を虐《いじ》めた嫌な奴が、選ばれた。いい気分になるべきかもしれない。

でも、そんなふうには思わなかった。ざまあみろとは思えなかった。

あの餓鬼大将がばりばりと頭から食われるのを想像する。嫌な気分だ。嫌な奴でも、そんな目に遭ってほしくない。

「嫌じゃっ」

餓鬼大将は引き摺《ず》られていく。

「嫌じゃ、嫌じゃ、嫌じゃ」

私は俯《うつむ》いて、手を合わせた。いつも、そうして見送っていた。

ざわざわとした声が収まっても、私は暫《しば》くそのままの姿勢でいた。

「なあ、すまんな」

声をかけられてハッと顔を上げる。

もうほとんどの人間は帰っていた。

栄吉が、心配そうに私のことを見ていた。

「すまんな、助けてやれなくて」

何と言っていいか分からず、私は曖昧に笑ってごまかした。

「マサさんにはお世話になっちょるけん、後で食べ物持ってってやるからな。卵もあるけん」

現金なもので、卵、と聞いて、私は憂鬱《ゆううつ》な気分を忘れてしまう。もうふたつき以上、卵なんて口に入れていない。

本当か、と聞くと、栄吉は本当だ、と返してきた。

私は走って家に帰った。

きっと、母は喜んでくれると思った。栄吉が卵をくれると言えば、さらに喜ぶだろう。そして、父が死ぬ前のように、話すこともできるかもしれない。

家に着くまでの少しの間、私は母の喜ぶ顔を何度も何度も頭の中で想像した。だらだらと続く畑を通り抜けると、茅葺《かやぶき》屋根が見えてくる。

私は勢いよく戸を開けて、ただいまと言った。

「どうしてえええええええ」

耳が裂かれるような悲鳴だった。

その声が母から出ていると気がつくまでに時間がかかった。

「おかしい、だって、どうしてよおおおおお」

母は手あたり次第、ものを投げてくる。

「あんたがいなくなれ」

低い声だった。

「あんたがいなくなれ、いなくなったらええ、あんたがいなくなれ、私はもう約束をした。あんたがいなくなれ、今交換してもらおう」

私の左腕は強く摑《つか》まれる。振りほどけない。

母はあんたがいなくなれ、ともう一度言った。

涙も出なかった。信じられない言葉で、夢かもしれないと思った。夢の中に逃げたいと思った。この、髪を振り乱している女は鬼が女に化けたもので、本当の母親はどこかで優しく微笑んでいる。そう思いたかった。しかし、どう見ても母なのだ。優し気に垂れた目も、小さくて丸い鼻も、いつも窄《すぼ》まっている口も。目の下にある黒子《ほくろ》だって。

口が勝手に動く。喜ぶわけもないのに、必死で、

「お母ちゃん、お願い……俺、頑張って働くけん、幸せにするけん……」

語尾がむなしく空中に消えた。

「邪魔せんでよ。あんたがおらんかったらっ」

母は言う。泣きながら。

母の手が伸びて来る。私は動くことができない。

「猿と話したのに」

手が首に到達した。

「あげる言うたのに」

首に細い指が食い込んでいる。ぎりぎりと絞め上げられる。

痛い。苦しい。

母は涙を流している。

母の顔がぼやける。

視界の上の方が欠けている。

欠けた部分に光が見えた。

私は選ばれなかったのに。


ガタン、という音で目が覚めた。朝日が眩《まぶ》しい。

私の脳は、いまどっちにいて、どっちが本当なのかとか、そんなことで埋め尽くされている。今回は、家にいる。家にいるのだ。家の、布団の上だ。

夢を見る前に、私は大きな猿を見た。でも、それは私の妄想かもしれない。もう一度眠ってしまいたいくらい、頭がくらくらする。何が現実なのだろう。

体の震えが止まらない。ひどい夢だった。

あれはこの土地で過去に本当に起こったことなのかもしれず、私はなぜかそれをタケとして観察している、それがますます確信に変わっていた。タケが当て者遊びをした寺は今でも残っている。今は完全に寺ではなく地域の寄り合い所として使われているが、大きな講堂はほとんど変わっていない。

タケの姿や、住人達の格好を見るに、江戸《えど》時代の後期かもしれないと思う。このあたりは田舎だから、もう少し後かもしれないけれど、とにかく、昭和ではないだろう。

本当に悲惨な結末だ。

タケは母親にすら望まれておらず、殺される。生活苦の中で、母親にとって、タケは邪魔でしかなかったのだろうか。

そして、「猿と話したのに」と言っていた。

猿。そう、猿だ。

この土地の人間は、猿に子供を捧《ささ》げていた。あの、当て者遊びで、当たった子供が捧げられる。

このようなおどろおどろしい因習があったなんて、聞いたこともない。私はこの土地から離れて東京に行くことばかり考えていたから知らないだけかもしれないけれど。

私が見た大きな猿は、夢で土地神のように祀《まつ》られていた猿と同じなのだろうか。でも、夢の中の土地は貧しそうだった。神は生贄《いけにえ》を捧げれば、何かしらの褒美を与えてくれるものではないのだろうか。

タケの父は猿を「降りて来た」とバケモノのように扱っていた。タケの母も「猿」と呼び捨てにして、神というよりむしろ――

ガタンガタンという音は、考えている間も絶え間なく聞こえる。

それを確かめなくてはいけない。猿について考えるのは、その後だ。

私は足音を殺して廊下を歩き、そっと、台所の小窓を開ける。

小柄な女性だった。

女性は、大学ノートのようなものを、狭い郵便受けに次々と差し込んでいく。

しかし口が小さいからかときおり詰まって止まるのだろう、悪戦苦闘している様子だ。

私はその女性に見覚えがあった。

「静子《しずこ》さん？」

思わず声が出る。女性はハッとしたように動きを止めて、あたりを見回した。

私は走って玄関まで行き、扉を開ける。

「静子さん！」

私の姿を見て帰らないでほしい、そう願いながら、彼女の名前を呼んだ。

静子さんは大学ノートを差し込む姿勢のまま、静止していた。

五年以上会っていないが、静子さんだ。近所に住んでいた人だ。年を取って皺《しわ》は増えてしまったけれど、リスみたいに大きな目がまったく変わっていない。

でも、彼女は引っ越したはずだ。母からそう聞いた。

静子さんは私と目が合うと、気まずそうに下を向く。

「美和ちゃん……その……」

静子さんは、母と仲が良かったように思う。彼女の子供は全員男の子だったし学年も違うから、子供同士仲が良いわけではなかったけれど、たまに家に遊びに来ていたし、その逆もあった。

「大丈夫ですよ」

そう答えると、静子さんは首を傾げる。

「大丈夫そうには見えないのだけど……」

分かっている。目の下がぴりぴりと痛む。

「そ、それより」

私は泣いていたことを知られたくなくて早口で、強引に話題を変えた。

「静子さん、ここへ何しに？」

「ああ、墓参りをね。こっちにまだお墓があるから……」

「そうだったんですね……いや、そうでなくて、あの、母に何か御用でしたか」

「私、渡しに来ただけだから」

「え？」

私が聞き返すと、静子さんは大きい目を見開いた。

「だから、頼まれたの、道子《みちこ》さんに！　美和ちゃんに見せてと」

「え、それが、このノート」

「とにかく！　それを全部読んでみてほしいんですって。中、見てないですから」

「静子さん、待って」

静子はまるきり私を無視して、もう走りだしている。

「中見てないから！」

静子さんは、体格からは信じられないほどの速さで走り去っていく。止めようがない。

しばらく呆然《ぼうぜん》と、誰もいない道路を見たあと、私はぎゅうぎゅうにものが詰め込まれた郵便受けを開いた。

何の変哲もない大学ノートだ。質素なデザインのものも、女性らしい花模様のものもある。すべてに「日記」と書いてあり、番号が振ってある。

とにかく、量が多い。静子さんもよくすべて詰め込もうとしたものだ。

私は家に入り、テーブルの上に、順番どおりノートを並べた。

静子さんの様子を見るに、きっと中身を読んだのだろう。そして、あまり良くない内容なのだろう。

緊張する。内容を確認するのが怖い。

でもきっと、この中に、何らかの答えがある。

「どうせ死ぬんだから」

そう声が出る。これが恐ろしい内容でもなんでも、どうせ死ぬのだから、大丈夫だ。

私は一冊目のページをめくった。

昭和三十六年五月七日
今日から新生活が始まる。失礼だけど、ここには何もない。どこで何を買えばいいのかから、教えてもらわなくちゃいけないかもしれない。

でも、その代わり、人は温かいみたい。

私があいさつに行こうとしていたのに、逆に家に来てくれて、果物やお野菜をくれた。

可愛い可愛いって、一生分褒められちゃった。お世辞だと思うけど、とても嬉《うれ》しかった。お祈りをする場所のことも教えてもらった。小さいお地蔵さんが並んでいて、みんな「ほとけ」と呼んでいるらしいけれど、私は別に、祈る必要はないらしい。民間信仰のようなものかしら。柳田國男の世界。

重行《しげゆき》さんも、お義母《かあ》さんもお義父《とう》さんも優しいけれど、それに甘えてちゃいけない。それに、私に優しくしてくれた人たちにも。

できることがあるか分からないけど、自分でできることを見つけて、自分で動く！

優しさを返せる人になろう。

昭和三十六年五月十日

少し嫌なことがあった。

酔っぱらったふりをして、おしりとか触るのは、やめてほしいな。

でも、こういう人は、どこにでもいるのかも。

みんな笑っていたから、私も笑って流すのが正解だったのかな。

重行さんは、大丈夫？　と聞いてくれた。私の夫が重行さんでよかった。

家で宴会はあまりしないでほしい。

この辺にはお店もないから無理かもしれないけれど。

昭和三十六年五月十二日
お弁当を重行さんに渡してから帰る途中に、嫌なことを言ってくる人がいた。

なんでそんなに私に構うのだろう。放っておいてくれればいいのに。

お義母さんに、お出汁《だし》の取り方を教えていただいた。確かにこちらの方が時間が少なくてすむ。

少し味は濃い目にね、と言われた。疲れた体には塩っ辛い方がいいみたい。

昭和三十六年五月十四日

お義父さんはほとんど話さない人だと聞いていたけど、本当のことを言うと、少し怖い。ずっと黙っているのだもの。嫌なことを言ってくる人たちよりまともだけれど……。

お義母さんは、戦争のときに嫌なものを沢山見たから、と言っていた。なんだか悲しい。

お義父さんは、たけのこご飯を食べたら、美味《おい》しいとは言わなかったけれど、少し柔らかい雰囲気になった気がしたから、きっと好物なんじゃないかしら。

夜、蔵のカギが閉まっているか確認しようとしたら、急に話しかけられた。

猿を見ても無視しなさい、みたいなことを言っていた。このあたりには猿がいるのかしら。猿は子供をさらったり、女の人にいたずらをしたりするらしい。そんな、まさか。

昭和三十六年七月一日

今日は少し暑かった。

長い時間外に出ていると、少しくらくらするようになった。

知らない人まで私のことを「道子」と呼ぶのは少し嫌。でも、この場所になじんできたということなのかしら。

嫌なことを言ってくる人たちは少なくなったけれど、子供のことを聞かれることが増えた。

まだ二カ月。そんなにすぐにできるわけがない。

悪気がないのは分かってる。

私だって、赤ちゃんは欲しい。

赤ちゃんは小さくて、柔らかくて、すごく可愛い。

もしかして、こういうときにお祈りをしているのかと思ったけれど、自分ひとりでほとけの場所まで行けなかった。

昭和三十六年七月八日
みんなで集まった時、道子さんはええねえ、とうらやましがられた。

なんだか、みんな、すごくつらい目に遭っているみたい。

私は全然知らなかったから、自慢みたいに受け取られた。気まずい。

何でも男を優先しなきゃダメ、というのは全員が言われていて、後は、料理に文句をつけられるのは当たり前で、食事は最後に床で食べるとか、中には、しばらくお風《ふ》呂《ろ》なんて入っていないと言っている人もいた。

そう考えると、私はとても恵まれている。

お義母さんはさっぱりした性格の人で、文句を言うどころか、会話も少ない。お義父さんも同じ。二人とも、分からないことを聞けば教えてくれる。

なんだか、怖くなった。

ひどい目に遭っているお嫁さんたちのお姑《しゅうとめ》さんたちは、私に可愛いとか、頑張っているとか言ってくれた人たちと同じ人だから。

なるべく目立たず生きていきたいと思う。

昭和三十六年八月二日
お祭りがあるらしい。

お祭りと言っても、みんなで集まって、お酒を飲んだり歌ったりするだけのものらしい。

その日は、女の人も家事をしなくていいとか。

でも、その代わり、今から頑張って準備をしなくちゃいけないんだけど。

分からないことがたくさん。教えてもらうこともたくさん。

でも、お祭りと聞くだけで、少しうきうきする。

「若い者たちが羽目を外すから、気をつけてな」

重行さんがそう言った。

でも、私が怖いのは、若い人たちより、この辺のお年寄りたち……。

重行さんと歩いていると、光っている場所があったので、あれはなに、と聞いたらほとけだと教えてくれた。

あんなところに祠《ほこら》があるのね。

昭和三十六年八月五日
お祭りの準備もいよいよ大詰めという感じ。

本当に、信じられないくらい。おせちを作るのよりずっと大変だった。

新しい人が入ってきたらあなたも教えなきゃいけない、と言われたけれど、自信がない。

重行さんが言っていた、若い人たちというのが分かったかもしれない。

何かを売る準備をしていたから少し見てみようかと思ったら、お義母さんにやめなさい、と厳しく言われてしまった。たばこやチヨコレイトを売っているって。中には、盗んだものもたくさんあるって。東京にもこういう人たちはいたけれど、たしかにあまり良い人たちではなかった。

重行さんに、お祭りの最中は、嫌だったら家にいていいと言われた。毎年、猿が悪さをするらしい。

重行さんが見ていないうちに、ほとけに向かって手を合わせた。東京の家でも近くに神社があると、外からこうしていたから。

昭和三十六年八月九日
明日《あした》はいよいよお祭り。

準備は本当に大変だった。お嫁さんたちともたくさん話せたから。来年もこれをやると思うと……。でも、楽しくないわけではなかった。

今日、家に帰る途中に、ほとけの方向に手を合わせようとすると、大きな猿がいるのが見えた。叫びそうになったけれど、お義父さんの言ったことを思い出して、気づかなかったふりをした。

早く寝たい。

昭和三十六年十月十日
死にたい。

昭和三十六年十月十一日
死にたい。

昭和三十六年十月十二日
死にたい。

昭和三十六年十月十三日
死にたい。

昭和三十六年十月十四日
死にたい。

昭和三十六年十月十五日
死にたい以外のことが書きたい。

昭和三十六年十月十六日
優しい言葉をかけられても時間は戻せない。

昭和三十六年十月十七日
結局日記帳以外で私の気持ちを吐き出すところはない。死にたい。

昭和三十六年十月十八日
周りが全員敵に見える。
そして、自分が無価値なものだと思う。
死にたい。
でも、痛い思いをする勇気はない。

昭和三十六年十月二十日

今日外に出た。

外に出たら、もっとつらくなるかもしれないと思ったけれど、そんなことはない。中にいても、外にいても、つらい気持ちはちっとも変わらない。

なんだか、視線を感じたから、すぐに中に入った。

きっと私を馬鹿にしているんだと思う。

昭和三十六年十月二十一日
庭先でお義母さんと誰か女の人が話しているのが聞こえた。

言葉では私の体調を気遣っているようでも、結局は手伝っていないことが気に食わないという話。お義母さんがどう思っているのか、どう答えるのか、はっきりと聞いてしまうのが怖くて逃げた。

手伝えというのなら戻してほしい。

元に戻れたら、私はいくらでも手伝う。

昭和三十六年十月二十二日
誰かがいる気がして、鍋《なべ》をひっくり返してしまった。

何もできない。
みんな、私を責めないけれど、内心は邪魔だと思っているはずだ。
恥ずかしい存在だと思っているはずだ。
外で話し声が聞こえた。
ちらりと覗《のぞ》いても誰もいなかった。

昭和三十六年十月三十日
ずっとうわさ話が聞こえる。

昭和三十六年十一月四日
美代子《みよこ》さんは乳が大きい。
奈津子《なつこ》さんは色が白い。
和子《かずこ》さんは目鼻立ちが整っている。
なんであの人たちではなかったんだろう。
どうして私が？　私じゃなくてもよかったんじゃないの？
そんなふうに思うたびに、死にたくなる。

私は悪い人間だ。ほとけはきちんと見ていて、だからこんな目にあったんだ。

昭和三十六年十一月十日
駐在さんと重行さんが話したようだ、とお義母さんとお義父さんが話しているので分かった。
はれもの扱い。

昭和三十六年十一月十五日
重行さんがお花をくれた。
私が可愛いと言った、薄桃色のお花。嬉しい。
忘れることはできない。
でも、もう。

昭和三十六年十一月二十一日
お義母さんが作ってくださった汁物を食べて、急に気持ちが悪くなって、吐いてしまった。
無理をしないでいいのよと言われる。
でも、私のやっていることは、手紙の代筆だけ。お習字を習っていたと言ったら、代筆のお願いがくるようになった。お小遣い程度の仕事。
無理なんてしているわけがない。

昭和三十六年十一月二十五日
何を食べても、食べなくても、吐いてしまう。
最近、風邪がはやっているらしいから、私も風邪かもしれない。

昭和三十六年十一月三十日
おめでとうございます。

昭和三十六年十二月一日
気持ちが悪い。

昭和三十六年十二月十日
腹をつぶして死にたい。

昭和三十六年十二月十二日
吐き気が止まらない。
吐いたとき、便所に残るかたまりが、赤ん坊だったらいいのにと思う。

昭和三十六年十二月二十日
なすとリンゴだけは食べることができる。
私の体はなすとリンゴでできている。
腹の中の赤ん坊も。

昭和三十六年十二月三十日

家にひとりだ。

みんなは、年末と年始の仕事で、まさに師走《しわす》。

私は何もできない。

どういうふうに言われているのだろう。

少しだけ怖いかもしれない。また、猿が悪さをしたらしい。子供がいなくなったとか。赤ん坊はさらってくれないのかしら。

人の話し声だと思っていたのは、猿の鳴き声だったかもしれない。

昭和三十七年一月十日
産むことを決めた。
どうやって赤ん坊を絞めるか私は知っている。
赤ん坊に罪はない。

昭和三十七年五月七日
赤ん坊が生まれてすぐ、私は寝込んでしまったみたいだ。
娘だった。

名前はどうしても考えられなかったから、重行さんにお願いした。

美和という名前だ。ステキな名前。

久しぶりにほとけに手を合わせた。これで何が変わるわけではないんだけれど。

昭和三十七年五月三十日
重行さんに抱きしめられ、もう大丈夫だと言われた。

捕まったらしい。

被害者は私だけではなかったとか。

ほとけのご利益かもしれない。なんちゃって。

美和を見て、思うことは、つまり、この子のきょうだいが、何人もいるかもしれないということだ。

昭和三十七年六月七日
眠れない日が続く。
でも私は恵まれている。お義母さんはイビリのイの字もない。
何もできないのに。

美和も何もできない。

昭和三十七年七月十四日
あまり泣かれるから、こちらを困らせてやろうと泣いているのかもと考える。だとしたら、父親に似ている。

昭和三十七年七月二十五日
小さな頭に枕を押しつけて、素知らぬふりをしていた母親の記事が新聞にあった。これでいいことを聞いたと思う私は性根が腐っている。ほとけに手を合わせる。どうか見なかったことにしてください。

昭和三十七年八月二日
顔立ちがはっきりしてきて思うのは、私には似ていないということだ。重行さんは可愛いと言う。私はそうは思えない。

昭和三十七年八月四日
久しぶりに猿を見た。
なんだか苦しそうだった。
近寄りたくはないけれど、可哀想だったから、器に水を入れて置いておいてやった。
うまそうに飲んでいた。

昭和三十七年八月十日
私は記念日のようにこの日を覚えている。
外で祭りの音が聞こえた。
大きなリンゴが家の前に置いてあった。
他の人に気づかれる前に、食べた。今まで食べたどのリンゴよりも美味しい。
見たことがないくらい赤かった。
鶴の恩返しならぬ、猿の恩返しか。
ほとけに手を合わせる。
少しだけ気分がましになった。
美和が泣いているが、死にたくはならない。

昭和三十七年八月三十日
ここ数日は死にたい気持ちにはならない。
そろそろ、外に出てみようと思う。
外出ということではなく、みんなの仕事を手伝う。
できることから、一歩ずつ。

昭和三十七年十月八日
お義父さんが亡くなって一週間経つ。

無口だけれど、優しい人だった。

近所の人は何か、悪いことを言っていた。

人の死も悼めないなんて。

そう思ってから、多分私も、あの人たちが死んでも、特に悲しくならないかもと気づく。

悪口を言い合う仲間がいないだけ。

昭和三十九年五月三日
美和が二歳になった。
よく喋《しゃべ》る、生意気な子。

昭和三十九年五月十三日
そろそろ二人目とか、男の子とか、言われた。

もしかして、重行さんも、お義母さんも、こういうことを言われていたのかな。

悲しくもないけれど、ぼろぼろと泣いてみせた。

お義母さんのお姉さんだという人が「猿に悪さされたのはあんただけやない」と言った。「私は猿に悪さされてないですよ。猿はやさしいですよ」と言うと、バケモノでも見るみたいな顔をされた。

ほとけに手を合わせた。今どんな顔をしているだろう。

昭和四十年九月十二日
自分の体のことだからなんとなく分かる。私はもう産めない。

しかしこの土地で、産めない女は、どうなってしまうんだろうか。

昭和四十四年五月十八日
美和は小学校でも、目立って勉強ができるのだとか。お母さんが大学を出ているから、みたいなことを先生に言われた。
どうでもいい。

昭和五十一年一月十三日
中学生になって、ますます口が達者になった美和。

一言言うと、十言くらいになって返ってくる。

そして、言い返してきたあと、得意げにくいっとアゴを上げる。目が、きらきらとしている。

いっそ言ってしまおうかと思う。

オマエの父親は最低の犯罪者だ。弱い人間を何人も強姦《ごうかん》して、いまだに塀の中にいる。

そうすれば美和の目はくもるだろうか。

私は最低な人間だ。

でも許されていると思う。

ほとけに手を合わせた時、そう感じた。

昭和五十一年二月八日
美和の作文が文部大臣に表彰されたらしい。

私はきちんとおめでとうと言えた。

玄関の前にリンゴが置いてあった。

美和は「わあ、すごいね、大きなリンゴ」と言っていた。

私は急いで回収して食べた。間違っても美和にあげたくない。ひとかじりだってさせてやるものか。

美和は「お母さんそんなにリンゴが好きだったの？」と聞いてきた。

私はうなずいた。お前よりも。

昭和五十三年五月三日
美和が高校生になって初めての誕生日。

重行さんは県外まで行って、大きなショートケーキを買って来た。

他人の子供でもそんなに嬉しいものかしら。なんて、絶対に聞けないけれど。聞くような立場ではないけれど。

私もきちんとおめでとうと言った。

ほとけの方角を見ていたら、重行さんに、もう、そんなつらいことはしないでくれと言われた。だいぶカン違いがあるみたい。

重行さんに、こうすると安心するから、と言った。

うそはついていない。祈りってそういうものでしょう？

昭和五十三年六月八日

ほとけの前で、猿と話した。

死ぬことを話した。

どうせいつか死ぬのだから今死んでも同じだと言う気持ちと、だったらもっと早く死ねばよかったという気持ちと、あと四十年くらいぼんやりと待った方がいいという気持ちがある、みたいなことを言った。

猿に伝わったんじゃないかと思う。

猿は死んでみないと分からないと言った。それもそうか。

昭和五十三年八月十日
くだらないけんかをしてしまった。
けんかというか、私が最低なだけ。くだらないのも、私だけ。
私は言ってしまったのだ。思い出さないかと。いつも思い出して、不愉快になって、私のことを汚れていると感じて、私ごと、美和を捨ててしまいたいと思うのではないかと。

重行さんには当然その権利があるのだから。
でも、重行さんはそんなつもりがないという。
だから、信じられないと言った。
重行さんは怒った。見たこともないくらい。
私はそれでも謝らなかった。
こんなに優しくされて生きていていいものと思えない。
美和は、死ぬべきだ。
望まれていないのだから。
ほとけに手を合わせている。美和がいなくなりますようにと、ずっと。

昭和五十三年十二月四日
美和が怒っていた。

高校の先生に、女の子はそんなに頑張らなくていいと言われたらしい。

田舎の人だからねえ、と私は言った。

美和は落ち込んでいるということはなく、より一層発奮して勉強し、東京の大学に行くのだと言った。

頑張ってほしい。

あなたの父親も東京の人だ。

昭和五十四年五月三日
近所の人たちから美和についてあれこれ言われる。

「娘のことは娘に任せておりますので」と言うと、都会の人は違うと言われる。

都会の人と言われると面白くなってしまう。私はきっとこの先何年ここで生活していても、ここのお墓に入っても、都会の人なんだろう。

私はあの人たちの中で一番、ほとけを信じているのにね。

それで、猿がどうこう、美和が猿の子だからと。猿はそんなことしないって、何度も言っているのに。迷信深いように見えて、本当はちっとも信じていないのね。

外に猿がいた。私が手を振っても近づいてこなかった。私は誰に何を言われても気にしないのに。

昭和五十四年八月十日
この日に猿を見たのは初めてだ。

この日は私にとっての記念日なだけで他の人には関係がないからたまたまだろうけど。

猿は、死んで楽になりたいかと聞いてくる。

死んだら楽になるのかと聞くと、契約すれば、とか言ってくる。

猿に何ができるっていうのよ、と笑ってやった。

みんなカン違いしているようだけど、猿って本当に何もできないのよね。人間と変わらない。

猿がリンゴをくれた。甘い。

何故家の中まで入って来ないのかと聞いたら、犬が嫌いなんですって。私も犬は嫌い。でも、生き物は、世話しなければならないでしょう?

昭和五十四年九月八日

お義母さんと重行さんが話しているのを立ち聞きしてしまった。美和の父親が死んだらしい。私に伝えるかどうか、みたいなこと。

優しい人たち。

私は、もう、何とも思わないと言ったらウソになるけれど、死んだんだなと思うだけだ。

美和は一生父親には会えないわけね。

昭和五十四年十月十日

津守さんという男の人が家を訪ねて来た。

初対面なのに、お変わりないですか、と聞いてくる。

きっと、私がどういう人間か知っているのかも、と思った。嫌すぎて、倒れそうになった。あいさつはできなかった。家の中にかけこんだ。

重行さんが対応してくれたけれど。

津守さんは、霊能者？　まじない師？　そういう人で、冠婚葬祭とか、そういう場面で、この地域の人はみんな、お世話になっているとか。そういえば、お祭りの準備のときに、白い服を着ている人が何人かいた。その中にいたのかもしれない。気がつかなかった。

田舎だから、信心深い人も多いのかも。でも、お祈りやおまじないでどうにかなることなんてほとんどないんだから。昔は占いなんかも好きだったけれど、少女の頃の話。花占いとか。

ほとけに手を合わせているから、むじゅんしているかも。でも、私にとってほとけは神様ではなく、薬のようなものだから。

猿のことをひとつも分かろうとしないこのあたりの人には、分からないだろうけどね。

重行さんは、津守さんが、この家をお祓《はら》い？みたいなことをしたいと言っていたと教えてくれた。勝手にすればいい。

昭和五十四年十一月二十三日
猿が近寄って来なくなった。また、リンゴが食べたいのだけれど。
美和はずっと勉強している。沢山勉強していい大学に入って楽させてあげるからね、そう言われた。嬉しいと答えた。何とも思っていないが。

昭和五十四年十二月三十一日
親戚《しんせき》の集まりに顔を出さなくなってもう何年経ったかしら。

最初はちくちく言ってくる人もいたけれど、もう、いなくて当然の人、ね。

ここでは年越しは焚火《たきび》をする風習があって、日付が変わるまで火を絶やしてはいけないのだけれど、どうせお義母さんも重行さんも家にはいないので、もう何年もやっていない。

それなのに、猿が悪さをするから今年はどうしても火を、と言われた。津守さんが言ったのかもしれない。

何もできなくて迷惑な私だから、せめてこれくらいは従わないといけないと思い、しぶしぶ言うとおりにしている。

遠くから猿の鳴き声が聞こえた。苦しそうだった。

昭和五十五年四月十四日
美和が東京の大学を受験することに対して、はっきりとやめろと言われた。
籠生さんの誰か（私も、お隣も、その先も籠生さん）が、こっちの国立大に通っていて、女がそれより上の大学に行くのは体裁が悪い？と。

娘のことは娘に任せているといつものように言ったけれど、それでも母親かと怒られた。
ぜんぶ意味不明。
じゃあ、あなたが育てたら？

昭和五十五年五月三日
美和の誕生日。
この家で誕生日をやるのも今日が最後ね、というと、そんな寂しいこと言わないでよと言われる。私はどうしようもない人間だけれど、あなたにとってはそれなりにいい人間なのかしら。ごめんね。でも、申し訳ないとは思わないし、嬉しくもないの。ほとけに手を合わせているから、美和が合格しないことはあり得ない。あなたが東京に行く日がとても楽しみ。

昭和五十五年六月十九日
歩いていたら、転ばされた。
どうせいつものいやがらせ。

この間は怪文書が届いた。誰が書いたんだろう、漢字もめちゃくちゃで。学のない人をバカにしてはいけないんだけれど、脅しの手紙くらい、辞書で調べて書いたらいいのに。

大声で笑っていたら、お義母さんに心配された。本当に、優しい人。

でも、あっちをあまり見るなといつも言われる。ほとけの方。嫁に来てからずっと。

お義母さんは迷信が嫌いなのかもしれない。

重行さんもお義母さんも、悪いことがあっても猿のせいにはしない。でも、良くないものだとは思っているみたい。

安心してほしい。私はそういうふうに見ているわけではない。

昭和五十五年七月一日
津守さんが家に来る。なんだか、嫌な顔をしていた。

それでも表面上は穏やかに話すから、いい人かもしれない。

お守りみたいなものを渡された。私はお礼を言った。嫌な顔は変わらなかったから、私がお守りを捨てるつもりでいることを見破られていたのかもしれない。

このあたりとは少し違うなまりで、ほとけには近づくなみたいなことを言われる。

はっきりと言われたのははじめてかもしれない。私はうなずいた。

それで、なにか呪文《じゅもん》みたいなものを唱えて帰って行った。
重行さんは、最近よく「大丈夫だ」という。
大丈夫かもしれない。重行さんが言うのだったら。

昭和五十五年七月三十日
本当に何年ぶりかに兄と会う。
兄は優秀で、両親に可愛がられていた。私の結婚も反対はしなかったけれど、やっぱり両親と一緒に縁は切れてしまっていた。でも、知らなかったけれど、重行さんと兄は、ずっと手紙でやり取りしていたらしい。
兄が連れて来た小太りの男性は、弁護士だった。

昭和五十五年八月一日
東京から来た弁護士、という肩書にみんなははーッとひれ伏してしまって、馬鹿みたい。直接的ないやがらせはなくなった。
「私はあんたのこと許したわけではない」とどこかの籠生さんに言われた。じっと見たらにらんできたけれど、それだけ。

兄は帰って行ったけれど、さて、私のことをどこまで知っているのかしら？

美和は「おじさんみたいになりたい」と言っていた。

なれるわけないでしょう。あなたの父親が誰だと思っているの。

昭和五十五年八月十日
重行さんに忘れ物を届けに行った帰り、どこかの籠生さんに「あばずれ」と言われた。

ああ、やっぱり、このあたりの人は、分かっているわよね、と思った。

何も言わないでいると、本当に、下品でどうしようもない悪口ばかり言われる。私が兄と寝ているとか。しばらく放っておいたら、石を投げて来た。

その瞬間に、どこからか、なにか飛んできて、その女の人の腕が逆向きに曲がった。

私は驚いて走った。

自分にもなにかが当たったらと考えると怖かったからだ。

でも、家に着くころには笑っていた。そういえば、あのあたりって、ほとけの近く。

猿がやってくれたのね。

昭和五十五年八月十二日

どこかの籠生さんの葬儀。

何かひそひそ、こそこそと言われていた。

私は気にしない。でも、重行さんは。

美和は家で勉強をしていた。

美和が嫌がらせを受けないのはどうしてかしら？　と思って、若い頃、他のお嫁さんたちが同じ目に遭わなかったのはどうしてかしらと思っていたことを思い出す。

答えは簡単。私の心根が悪いから。

津守さんが来ていた。それで、私にもう分かっているんでしょうみたいなことを言っていた。ドラマの探偵役みたいだった。私は犯人役をやればよかったのかしら。

でも、ここで犯人役は、いつも猿なのよ。

昭和五十五年八月十三日

猿がいた。

猿は、私が、猿に何ができるのよ、と笑ったことを根に持っていた。

ごめんなさいね、とまた笑って謝った。

猿はこわがっていた。

本当はこんなことをしたくないのに、してしまうとかなんとか。

私だってそういうときはある。人間も猿も変わらない。

私は猿がまたいつものことを聞いてくるから、いまは、重行さんのことを一番に考えているといった。

昭和五十五年十一月十一日
静子さんが話しかけてくる。静子さんと話したのは、一年ぶりくらいかしら。

静子さんには、高校を卒業して大阪で働いている息子と、中学生の息子と、小学生の息子がいる。それで、中学生の息子が言うことをまったくきかないし、隙あらば大阪に家出しようとするのだと言った。あなたのところはそういうことなかった？ と聞かれても、よく覚えていない。優秀だし、女の子だものね、と勝手に納得される。

でも、静子さんが話したかったのは、私が元気かどうかということだった。

もちろん、野次馬根性もあるのだろうけど、きちんと心配もしてくれたみたいだ。

「よく泣いているけど大丈夫？」

私って泣いていたんだろうか。

涙もろくて、と答える。

静子さんは、猿の話をしないわね。

昭和五十五年十二月五日
静子さんにようかんをいただいた。静子さんの家では甘いものは食べないらしい。

それで、やっぱり、泣いていると言われる。

嫁イビリを心配された。びっくりしたけれど、お義母さんはこのあたりでは変わり者で通っているらしい。たしかに、変わっているかも。お義母さんだけが、人の悪口を言わない。

一度もイビられたことがないというと、うらやましいと言われた。

静子さんは根掘り葉掘り聞いてくるけれど、きちんと答えれば、納得してくれるし、疑ったり、馬鹿にして笑ったりしない。

昭和五十五年十二月三十日
津守さんが家に来た。面倒臭い。
訳知り顔でいろいろ言うのをやめてほしい。
猿の話をされた。
猿にだまされているとか何とかそんなことを言う。

なぜ、ここの人たちはいつも猿を悪く言うの。
猿をだましているのは私の方。
お守りだけもらって帰ってもらったけれど、そのあとがもっと面倒で、重行さんと
お義母さんに問い詰められてしまった。
猿とは二度と話さないと約束したけれど、人間とは違うものだから。

昭和五十六年一月十日
猿が家を訪ねてくることがなくなったから、私はほとけのところに近づいてみることにしている。お義母さんを心配させてもいけないから、こっそり出て行く。

ほとけのところは、一本道になっていて分かりやすい。

猿の気配はなくて、結局何もせず帰って来た。

初詣《はつもうで》なんか行ったのがよくなかったのかしら。

昭和五十六年三月八日
美和、第一志望合格。
分かっていたことだけれど、ほとけに手を合わせる。

これでようやく。

家でお祝いをする。明日は遠出をして、美和においしいものを食べさせてあげるらしい。

美和はお父さんお母さんありがとうと言った。よくここまでいい子に育ったものだ。

でも、いい子に育ったからと言って、なんだという話なんだけれどね。

昭和五十六年三月十五日
美和が出て行った。
当分の間あの子のきらきらした目を見なくてすむ。
私は、重行さんの目に、どう映っていたのかな。

昭和五十九年八月一日
忙しくてお盆に帰れないかもと美和から連絡があって、嬉しくなる。
一生帰らなくていい。

昭和五十九年八月十日
猿と会う。
また、死ぬのなんのという話をされる。
今はとても楽しいと言うと、少し怒ったような顔をされた。
ああ、もう会ってくれないのかしらと思う。それは悲しい。
ほとけに手を合わせる。

昭和五十九年八月十三日
猿があんまりしつこいから、話を聞いた。

契約の話。馬鹿みたいだけれど、少し面白かったからここに書いておく。

死んだあと、絶対に幸せに過ごせる方法がある。それは、死後、極楽に行くことだ。

極楽に行くには普通、エンマさまから厳しく調べられ、完全に善人であると判断されなくてはいけない。そして、それは本当に困難なことだ。人間、生きていれば悪いことだってする。だからほとんどの人は罪を調べられ、罰を言い渡され、その罰をじゅうぶん受け終わってから極楽に行くことができる。

でも、その面倒なことをしなくても、極楽に絶対に行くことができる方法。

それは、猿の持っている、カギを借りることだ。

カギを借りるには決まりごとがある。

最初の門では指を捧《ささ》げる。

次の門では舌を捧げる。

最後の門では目を捧げる。

そして、門をすべて通過した後、自分にとって一番大切な者を代わりに置いていく。

そうしたら、猿はカギを貸してくれるのだと言う。

「死んでからいい思いをしたって仕方がないじゃないの」

そう言ってみる。猿は何も答えなかった。

そもそも、私に大切な者なんているのかしら。

美和を思い出す。ふつうの母親なら大切な者は子供なんでしょうけど、美和は大切ではない。

重行さんかしら。でも、死んだ後の幸せなんかのために重行さんをギセイにはできない。

なんて、ついつい考えてしまうけれど、全部嘘だと思う。

猿がそんなことできるわけもないからだ。

私とくだらない話をすることしかできないくせに。

それしかできないから、ずっと悪者なのよ。

猿はいつも悲しそう。私と同じ。

昭和五十九年十月十六日

美和が大きな会社に就職が内定したらしい。

美和はきっと、このまま良い人と結婚して、子供を作るのだろう。憎らしいとは思わない。ただ、重行さんの遺伝子は残らず、あれの遺伝子が残るということは、やはりこの世に神はいないのではないかと思ってしまう。どうでしょう。神がいたとして、良い人に、ご利益を与える方ではないわね。

お義母さんと歩いていると、どこかの籠生さんからイヤミを言われた。すごく不思議なんだけれど、どこで噂を聞いてくるの？　千里眼？

お義母さんがしらーっとした目で見ていたので、私もそれにならう。バツが悪そうに去って行った。意地悪が通用するのも、相手に意地悪が通用する素質があるからですね。

昭和五十九年十一月四日

津守さんはもういい加減にあきらめたらいいのに。

どうせ言うとおりにしないことなんて分かっているでしょうに。

私がどんなに、正気を保つために、必死でいたか分からないでしょうに。

津守さんにもう来てほしくないわ、とつぶやいたら、重行さんが悲しそうな顔をした。

昭和五十九年十二月十二日
静子さんの家でお昼をごちそうになる。

静子さんの家はきれいだった。片づいている。

それで、話したいことというのは、ここから引っ越すということだった。

静子さんの家のお義父さんが亡くなって、息子も片づいて、だからここに留まる必要がないと。そのとおりだと思う。静子さんの旦那《だんな》さんは教師だから、どこでも仕事ができるだろうし。

それで、静子さんは、道子さんもここを離れるのはどうかしらと言ってくる。

重行さんはここでみんなのお世話をしているのだから、というと、ここの人たちなんてどうなったってかまやしないじゃないと言われる。本当に、そのとおりなのだけど、私は、そんなことできないわよと言ってみた。

静子さんは怒ったりしないで、でも、考えてみるといいわよ、と言った。

静子さんって、良い人だなあ。

思えば、静子さんだけは、何だか様子がちがう。猿のことをまったく話さないのだもの。悪いも良いもないという感じ。ものすごく賢いからかしら。
私のウソがばれていないといいけど。私がここを離れたら、猿はどうなってしまうのか、気になって、多分お義母さんが亡くなってもここを離れることはないと思う。

昭和五十九年十二月二十日
静子さんが引っ越して行った。静子さんがいなくなってしまったら、きっと私は、もうお友達はできないだろうなと思う。
帰り道、猿がいた。
話そうとしても、すごい速さでどこかへ行ってしまった。

昭和六十一年一月九日
美和から帰りたいと言われる。正月帰れないほどに忙しかったから、気が弱くなっているのだろう。
美和ならできるよと言った。
津守さんが家に来て、またごちゃごちゃ言ってくる。

もうここまでのお付き合いになったら、友達と言ってもいいわね。

お友達は、津守さん。大切なのは、猿。

私って、おかしな世界の住人ね、ずっと前から。

昭和六十一年三月十日
もう、面倒だったから、洗いざらい話した。

猿とはずっと話している。お守りはすべて捨てました。

でも感謝してほしい。猿は何人か欲しいと言っているけれど、止めてあげているんだから。当然の報いよ。あなたたちがしたことに比べれば安いくらい。

そう言ったら津守さんは、「猿が人間の言葉を話してもそれは真似ているだけで、あれと会話ができると思うのは妄想だ」と言うの。それは津守さんがほとけに手を合わせていないからでしょう。

ほとけに手を合わせると心が温かくなる。どうでもいい悩み事が出て行くような気がするの。それを泣いていると思うのなら、思えばいいじゃない。

どうでもいいでしょう。何を信じるかは私の勝手。

私は猿を信じる。猿は嘘を言わない。傷つけない。

私は極楽には行かないのだから、別にいいでしょう?

明日車で津守さんのところに連れていかれるらしい。馬鹿じゃないの。何もできないでしょうけど。

長年続いた日記も今日で最後にします。

この日記は静子さんに送ります。中を読んでもかまいません。

みんなに知っておいてほしい。

美和に渡してあげてほしいと書いておこう。

中を読んだら静子さんは渡さないだろう。

中を読まなければ、美和に渡してくれるだろう。

私の想定なんて外れるかもしれないし、どうでもいいわ。

どうなっても構わない。


しばらくじっとその場に座っていた。

私は本当に馬鹿だった。

本当に、賢いと思っていたつもりの馬鹿だった。

両親から、母から、愛されていると思っていた。当然愛されていると思っていた。

自慢の娘で、故郷の人間に嫉妬《しっと》されながらも、都会の人間からは尊敬されていると、誰に対しても胸を張って生きられていると思っていた。だから、両親がいなくなり、会社をクビになってしまったとき——それらは、私の輝かしい人生から一転、奈落《ならく》に落とされたような気持ちになり、死にたいと思ったのだ。

私は元からどん底の人間だと知らなかったから。

父は、どんな気持ちで、自分の妻を犯した人間の子供を育てていたのだろう。田舎の人間から、どんな目で見られていたのだろう。

祖母は変わり者で冷たい人間なのではない。父と嫁を傷つけた私とは話したくもなかっただけだ。

私が勉強を頑張って、有名大学に合格して、有名企業に勤めたところで、故郷の人間は嫉妬なんかしない。私は罪の子供だからだ。

私は愚かにも、タケを心の中で哀れと思いながらも見下していた。母親に殺されるなんて、誰からも望まれていない子だと。私は大切にされ、東京に送り出された子だから、そんな私よりずっと、可哀想な子だと。

私はタケと同じだ。タケと同じ、望まれない子だった。早く消えてほしいとずっと願われていた。

タケより下だ。偉そうに、胸を張って生きていた。他人より優れているという思い違いをして。犯罪者の子供なのに。

「かえりたいよお」

喉《のど》から悲鳴のような言葉が漏れた。

「かえりたい、かえりたいよお」

私は生まれる前に帰りたかった。

目を瞑《つむ》って思い出す両親の優しい顔。それは私の罪の証《あかし》だ。無理をさせていた。愛されるはずもないのに。

日記帳を持ち、立ち上がる。もうとっくに夜だ。虫の鳴き声も聞こえない。

田舎には街灯がない。東京に出たとき、街が明るくて眩暈《めまい》がした。私がいるべきは、この暗がりだ。

裏口を出る。施錠をしない。もうどうなってもどうでもいい。

山道は暗く、何も見えないはずだが、私の行くべき場所は分かる。

「まわりまわりのこぼとけはなぜにせがひくい」

歌っているのは、私であり、タケである。そして、幾人もの子供かもしれない。

「線香　抹香　花まっこう　樒《しきみ》の花でおさまった」

私だってもう、選ばれてもいいはずだ。私が犠牲になってもいいはずだ。

何度も転ぶ。当然の報いだ。

鼻を獣の臭いが突く。

猿がいた。多分、猿だ。

毛に覆われていて、大きい。

それが私を見ている。

「私をあげますから」

私は大きく手を広げた。

なぜ、猿が母とは対話ができるのに、私とはできないのか。それは当然、

「ほとけに手を合わせますから」

私は跪《ひざまず》いていた。祈ろうとすると体は自然にこの形になるのだ。

何かが周りを取り囲んでいる。子供に見える。しかしこれはほとけなのだろう。

「私はもういりませんから」

お願いですから、と言う。

猿が近寄って来た、と感じる。そして、違和感に気がつく。

ぴたりと合わせていた手に風が流れ込んでくる。

遅れて、鋭い痛みが。

私の右手から、人差し指、中指、薬指が失われていた。断面がぐちゃぐちゃで、血が溢《あふ》れ出している。

喉から悲鳴が漏れるが、これは生理現象だ。思考は冷たく、正常に冴《さ》えている。

「私はもういりまへ」

最後まで言えなかった。

喉から空気が押し出され、詰まる。舌が喉の奥に牽引《けんいん》されている。残された部分に力を入れ、犬歯を舌の縁にひっかけて、窒息は免れる。しかし、血が溢れる。時間の問題

だ。

「おういいあえんああ」

頬を震わせ絞り出した醜い声、笑ってしまうくらい。血まみれで、泥まみれで跪いて、情けない。でも、それを見る必要はない。私の目は抉《えぐ》り取られ、本当の闇が訪れる。私はもう、見ることはない。

目から流れるのが血か涙か分からない。

顔に手が触れる。

私は醜い声で繰り返す。

もういりませんから、母を楽にしてあげてください。もういいですから、お願いします。私はもういいですから。

一筋の光さえ感じ取れない視界の中で、獣のような臭いがする。これはタケが嗅《か》いだ猿の臭いかもしれない。私は手を伸ばした。ようやっと、死ねる。

指先が触れた。心臓のように熱い。

しかし、私の腕は、弾《はじ》かれた。

なぜ、もう少しだったのに、どうして。

私はまた手を伸ばす。しかし、今度は柔らかいものに包まれる。

気がつくと、もう獣のような臭いもしない。

優しいものに包まれている。全身が温かい。

私は開かないはずの目を開いた。

母だった。

涙が溢れてくる。

おかあさん、と呼びたい。

でも呼ぶ資格はない。私は存在するだけで母の重荷になっているのだ。

母は私を抱きしめている。だから、温かいのだ。

「大丈夫よ」

母の声だった。いつも私を励ましてくれた声だ。

「大丈夫、大丈夫よ」

母の声は揺り籠《かご》だった。

「もう大丈夫、ここには何もないの。辛《つら》いことも、悲しいことも、すべて消えてしまったの」

トンボが飛んでいる。

空が茜色《あかねいろ》に染まる。金色の稲穂が揺れている。

「私はずうっとここにいるの、ずうっと、ずうっとよ」

母の隣に猿がいた。母はぼたぼたと涙を零《こぼ》している。

人が泣くのは幸せな時だと思う。何もかもから解き放たれている。溜《た》まっていた悪いものが、涙になって棄てられる。

猿は笑っていなかった。泣いてもいない。ただ、母と猿の手は、固く結ばれている。

もう会わないからね、と私は言ったような気がする。さようならと言ったような気もする。

でも何も言っていないかもしれない。

泣いている人にかける言葉なんて何も思いつかないから。


「おはようございます」

玄関から声が聞こえて目覚める。

ぼうっとしているとまた、

「おはようございます」

と声が聞こえる。

しかも、扉まで叩《たた》いている。

邪魔された、と思う。でも、呼ばれているのだから仕方がない。

鍵《かぎ》を開け、扉を引くと、男の人が立っている。体が薄くて、ひょろ長い。地毛が真っ黒なのに白髪を染めていないから、頭に埃《ほこり》を被《かぶ》っているように見えた。

「おはようございます」

「……おはようございます」

何度もおはようと繰り返すなんて九官鳥か、と言いたいところを堪《こら》えて私は挨拶《あいさつ》を返した。

「津守日向《ひなた》といいます」

目の前の男性はそう名乗った。これが津守さんか、と思う。

「籠生美和さん、言わんでも分かりますよね」

「はあ？」

「猿のことじゃ」

猿と話せもしないくせに、平気で口に出すなんて、津守さんはやっぱり何も分かっていない。

猿のことを、悪いものみたいに言って。何も知らないくせに。

津守さんは眉根《まゆね》を寄せて、

「顔が青い。今にも死にそうじゃ。具合が悪うて、立ってるのもやっとでしょう。原因やって分かってると思う。僕と一緒に来てください。朝だったらまだ、大丈夫じゃと思います」

「んふふふ」

気持ちの悪い笑い声が喉《のど》から漏れる。少し恥ずかしいけれど仕方がない。

なんだか、面白いのだ。

私はもう、困ってなんかいないのに、それさえも分かっていないらしい。

から回っている人を見るのは面白い。私みたいだ。

母は何も困っていない。私も困っていない。よく考えれば分かるだろうに。私は泣いているのだから。

この男が、さもついてきて当然！　とでも言うように、くるりと玄関の方を向いているのなんて、本当に面白い。馬鹿みたい。

「んふふふ、ごめんなさい」

津守は振り返って、ぎょっとした表情で笑顔の私を見た。

おかしくて堪《たま》らない。もっと涙が出てきてしまう。

したくなくても、してしまうことはあるのよ。

みんなが正しく猿のことを理解できれば、猿をこんなふうに扱うことなんてなかったと思う。ほとけなんて、馬鹿みたい。あれに入っているのは拝むようなものではない。

「美和さん……？」

振り返る間抜け面。

こういう何も分かっていない人間が、猿をあんなふうにしてしまったのよ。

でも、私はもう止められない。猿だって、望んではいないでしょう。

私は頬を伝う涙を拭《ふ》かない。そんな必要はない。泣きながら、思いきり、津守を突き飛ばした。

「出てけ、バーカ」

笑い仏

僕のお母さんはすぐに気持ち悪いと言う。

乗り物酔いしやすい体質で、できることならバスは乗りたくない、といつも言っている。

だからおじいちゃんの家に行くときは、ゆっくりゆっくり、何回も休憩を挟みながら行くことになる。

「ベンツとかだったら酔わないのにね」

お母さんがお父さんに言う。

「こないだ、琉翔《るか》くんママのところでベンツに乗せてもらったけど、もう全然違うのよ。スピード出しても揺れないし」

「そんなに言うなら、歩いていくか？」

「ウソウソ、冗談冗談、ベンツなんてウチには分不相応だって」

そんなことを話しながら、仲良く笑っている。ウチは家族仲がいいと思う。

「でもホント、この辺は何度来てものどかよねえ」

お母さんは大きく伸びをしてから、車に戻る。

僕も腰を回してから、車に戻った。

確かに、見渡す限り、ずっと緑の景色だ。こういうのを、マイルドな言葉でのどか、と言うのだ。マイルドじゃない言い方だと、田舎。

車はどんどん山に分け入って行って、道路には点々と動物注意の看板が立っている。

「クマ、見たことある？」

僕はお父さんに話題を振る。お母さんは気持ちが悪くなると黙ってしまうから、話しかけるのが僕の役目だ。長い長い運転で疲れているのに、家族がそんなことお構いなしに寝ていたら、優しいお父さんだってイラッとするだろう。

「うーん、クマは見たことないなあ。猿は見たことあるけど」

「そうなんだ。クマってさ、めちゃくちゃヤバいらしい。北海道の三毛別《さんけべつ》ってとこで」

僕はこの間、動画で観た「三毛別ヒグマ事件」の話をした。

北海道がまだ開拓途中だったとき、開拓民として住んでいた村人たちがヒグマに襲われ、何人も死んだ事件だ。僕が一生懸命話すと、お父さんは感心したようにへえ、と言った。

車は両脇に竹林のある道に差し掛かった。太陽が出ているのに、木に遮られていて、道が薄暗い。

竹林の奥はさらに暗くて、突然何かが飛び出してきそうだ。動物じゃなくて、未知のもの。

　黙っていると本当に起こりそうだから、僕はまた沢山喋《しゃべ》る。

「あのさ、こういう田舎はさ、なんか怖い伝説とか、ある？」

「ええ？」

　あまり道が良くないからなのか、お父さんは僕の方をまったく見ないで聞き返してくる。

「なんかさ、そういう動画、結構観るんだあ。例えば、同じ四国だと、お豊《とよ》ヶ《が》淵《ぶち》伝説っていうのがあって、肱川《ひじかわ》のあたりにそう呼ばれてるとこがあるらしいんだけど。お豊っていうのは昔婚約者に捨てられて、妊娠したまま死んだ女の人なんだけど、そのお豊って人の怨念《おんねん》が未《いま》だに渦巻いてるんだって。怨念を鎮めるために、その地域の人は死んだらみんな死体の手足を切って」

「そういう話はやめなさい」

　へっ、という間抜けな声が僕の口から出た。お父さんはいつも優しくて、こんなふうに厳しい口調で話を遮られたことはない。

「え、えっと、グロすぎた……？」

「違う」

　ガタン、という音がして、お尻《しり》に衝撃が走った。タイヤが大きな石でも踏んだのかもしれない。

「そういうのは迷信だよ。呪いとか怨念とか、そういう怖いものを信じていないわけじゃない。でもね、そういう、残酷だったり、グロかったりする部分だけを誇張したものは、きっと田舎を馬鹿にした人が捏造《ねつぞう》したんだと思う」

「ぼ、僕、田舎を馬鹿になんて」

「優斗《ゆうと》が馬鹿にするような子じゃないのは分かってるよ」

また、ガタンと大きく車が揺れた。

お父さんは道が悪いね、と言った後、

「でも、おどろおどろしい、何の合理性もない迷信が蔓延《はびこ》っている田舎なんて、もうどこにもないんだよ。そういう誇張した嘘の話を広めることは、田舎に対する差別を助長していると思う。僕はもう、東京に住んでいる時間の方が長いくらいだけど、地元がそういう扱いを受けているると悲しくなるよ。今住んでる人はもっと悲しくなるんじゃないかな」

「ごめんなさい……」

「ううん、優斗は悪くないよ。でも、優斗は賢い子だから、少し考えてみてくれると嬉《うれ》しいな」

僕は少し、いや、かなり気まずい気持ちになった。

お豊ヶ淵の話を語っていたVTuberは、世界中の伝説や風習を短時間で紹介する、というテーマで何本も動画を出している。けれど、コメント欄では、その情報はネットから精査せず拾ってきたものなのではないか、と指摘されていたり、本当はこういうものだ、という訂正が入っていたりする。

あの話に田舎に対する差別的な意図があるかどうかは置いておいて、おもしろおかしく誇張された嘘の話を得意げに語ってしまった可能性がある。とても恥ずかしい。

僕の気持ちを気遣ってなのか、お父さんはたくさん話しかけてくれた。チーズはどの料理に一番合うのかという、下らない話だったが、こういう害のない、誰も傷つけない話が、万人受けするのかもしれない。

いくつかトンネルを抜けると、やっと人が住んでいる雰囲気が出てきた。郵便局とか、小さい定食屋とか、そういうものが目に入る。

大人と同じくらいの大きさがある観音様が見える。これは石材店だ。おじいちゃんの家はここのすぐ先だから、目印ともいえる。

お父さんは広い、砂利が敷き詰められた庭に車を停めた。

普段あまり運転しないお父さんが駐車に苦戦している間に、もうおばあちゃんが玄関から出て来て、手を振っている。

「おばあちゃん」

そう言って僕は車から駆け下りた。

なるべくはしゃいだように見せる。

おばあちゃんのことは大好きだけれど、ここは退屈な場所だ。でも、こうして機嫌よくみせておけば、おばあちゃんは優しくしてくれる。

子供が純真無垢《むく》な存在だと思っているのは馬鹿な大人だけだ。でも、そういう馬鹿な大人が多いんだから、思うとおりにして、いい気分にさせてあげるのが僕たち子どもの役目だと思う。これはサービスだ。

「あ、またおばあちゃん騙《だま》してる」

玄関の引き戸が開いた。

「おばあちゃん、騙されちゃだめだよ。優斗、マジで大人のこと馬鹿にしてるから」

「か、花音《かのん》ちゃん……」

花音は四つ年上の従姉《いとこ》だ。僕と同じく都会（と言っても向こうは神奈川）に住んでいる。ショートカットで、赤い縁の眼鏡をかけていて、顔が少しだけ可愛い。アニメに出てくる委員長キャラみたいだ。でも、本当は委員長キャラじゃなくて、率先して大人がやっちゃいけないということをやるタイプ。いちいち色々言ってきてやかましいけれど、僕は花音のことは嫌いではない。

「花音ちゃん、そんなことを言ったら優斗は悲しいよ」

おばあちゃんがゆったりとした口調でそう言うと、花音はいたずらっぽく笑った。

「優斗、あそぼ」

花音は軽く手招きをして、玄関に入っていく。

「待ってよ、まだ荷物降ろしてない」

「行っといで」

お母さんが優しく微笑んで言った。

「花音ちゃんと遊べるの、久しぶりでしょう。荷物なんてお父さんと二人で運んどくから」

お母さんは甘いなあ、とお父さんが言っている。

僕は少し申し訳ないなあと思いながら、花音についていった。

おじいちゃんの家は、古いけれど、かなり大きい。もし東京だったら、何億円あっても建たないかもしれない。廊下を歩くと子供の体重でもミシミシ言う。かなり苦手だ。テレビに出てくる古民家カフェも、こんなふうに少し不気味だから、なぜ流行《はや》っているのか分からない。

花音は長い廊下を抜けて、裏庭に飛び出した。ちゃっかりとサンダルを履いている。

「あ、待ってよ、僕、靴」

「そこに便所サンダルあるからそれ履けばいいでしょ」

準備がいい。そう思いながら緑のサンダルをつっかけて、僕は花音について行く。

花音は離れで遊ぶのかと思いきや、離れも通り抜けて勝手口から外に出ようとしている。

そこから出ると竹林になっていて、子供にとっては少し危険だから、出てはいけないといわれている。僕は花音の手を引いた。

「ダメだよ、そこ出たら」

「はあ？」

花音はやめてよ、と言いながら僕の手を振り払う。

「あんた、小四にもなって、こんなとこが怖いの？」

「なんで煽《あお》ってくるの」

「なにその言い方。ていうか、この外、本当に林があるだけなんだけどさ、いいもの見つけたから、見せてあげようと思っただけ。嫌ならいいよ。お母さんとこ戻れば」

「別に嫌じゃないけど」

花音はごちゃごちゃうるさいんだよ、ほんとに、と悪態を吐きながら、ずんずんと進んで行く。

「本当に開けるの？」

「しつこ。黙ってなよ」

バン、と叩《たた》きつけるように花音はドアを開ける。

そこには、竹林が広がっていて、中に一本道が通っている。

「ね？　なんでもないでしょ？」

「う、うん……」

花音はたたた、と一本道を走る。僕も慌ててついて行った。

多分、人が通るから、道がある。ということは、別に怖い場所ではない。

それでも、なんだか道の両脇にある竹林に誰かがいて、急に飛び出してきたりしないだろうかと思ってしまう。

しばらくまっすぐ進むと、小屋があった。

小屋と言っても、窓も扉もぼろぼろで、木でできているからか、ところどころ穴が開いている。もしここに住んでいて、雨なんか降ってきたら、ものすごく困るだろうなと思う。

花音は慣れた様子でぼろぼろの扉を蹴飛《けと》ばした。簡単に開いた。

中も外と同じくらいぼろぼろで、全体的に湿ったみたいな臭いがした。

「優斗、早く来なよ」

僕は少し、いやかなり嫌だった。

花音が腰かけているのは、木製のベンチなのだけれど、土が沢山ついて汚れている。座ったら間違いなく服が汚れるだろう。それに、こんな場所にいたら、病気になってしまうような気もする。

「ちょっと。なんなの。嫌なら帰れって言ったよね？」

脅しのように言われて、少し腹が立つ。なんで僕の行動を勝手に決める権利があると思っているんだろう。

でも、「じゃあ帰る」とは言えなかった。

ここで「帰る」を選ぶということは、当然、来た道を戻るということなのだ。

来た道を戻るということは、あの一本道を一人で通らなくてはいけないということだ。

ざざざ、と音がする。

この音だ。竹の葉っぱ同士が、風で擦《こす》れる音。この音が、ますます、何かいるんじゃないかと思わせてくる。

「座るよ。座れば、いいんでしょ」

僕はレジャーシートを持ってこなかったことを後悔しながら、花音の隣に腰かける。その瞬間、しっとりした感触がお尻《しり》に伝わる。汚れた、と確信する。

「そんな顔すんなよ」

「だって、服、汚れた」

「別に着替えればいいでしょ。男のくせに、ぐちぐちと」

「あ、それ、いけないんだよ。男のくせにとか、女のくせにとか言うのは、ジェンダーバイアスって言って」

「ほんとあんたうるさい。動画で観ただけのこと、自分で考えたみたいに言わないで」

花音に強い口調で凄《すご》まれて、僕は口を閉じる。花音は横暴だ。

「それで……それでさ、何するの、ここで」

沈黙に耐えきれず、僕が口を開くと、花音はにっこりと笑った。やっぱり、笑った顔はちょっと可愛い。

「そうそう。あんたにいいもの見せてあげるんだった」

花音は座ったまま、体を傾けて、ベンチから少し離れた位置にある棚に手を伸ばす。棚もところどころ何かで湿っていて、衛生的には見えなかった。よくそんなところ触るな、と思う。

立てばいいのに横着するから、花音は体をくねくねと曲げながら、ようやく棚から横長の箱を取り出した。

埃《ほこり》をかぶっている。サイズ的には、家にある将棋盤くらいの大きさだ。

「はい」

花音はきらきらした笑顔で、それを差し出した。

「はい、って言われても……」

「あんたって全然ダメだね。モテないでしょ」

「モテないっていう言葉を男にぶつける女ってどうかと思うな。それを最大の攻撃だと思っているわけでしょ。それって」

「うるさいって。どうせそれも動画の受け売りでしょ。早く開けなよ」

押しつけるように渡されて、埃が服についてすごく嫌だなと思う。

でも、きっと開けなかったらまたどやされるから、僕はゆっくりと箱を開けた。

中には、折りたたまれた固い紙が入っている。

「なんだろ、これ……」

僕はその固い紙を開いていく。

「なんか、書いてあるけど……もしかしてこれ、人生ゲーム？」

「ま、そんなようなもんかもね。すごろく」

紙には古風な絵柄で男が描いてある。男は丈の短い着物を着ていて、色々なところを廻《まわ》っている、ように見える。山道を歩いていたり、女の人と歩いていたり、変な生き物と話していたり。僕が見たことのある人生ゲームとは違って、くねくねした道にポイントがあって指令が書かれているのではなく、大きな紙が漫画のコマ割りみたいにぴっちりと区切られていて、ひとつひとつに数字が書いてある。

「これが、面白いもの……？」

歴史とか、そういうものに興味がある人だったら面白いと思うのかもしれない。でも、僕は社会科見学で、強制的に学ばされているときのような、「ふうん」という気持ちにしかならない。

花音は何も言わない。気まずくなって、僕は早口で、

「だってさ、これ、ただのすごろくでしょ？　古い……確かに絵は個性的かなって思うけど」

「って、思うじゃん？」

花音はすごろくの入っていた箱を漁《あさ》り、何かを取り出した。

「それ、さいころ？」

「そうだよ」

かなり小さなサイズのさいころだ。木製で、角が取れてしまっている。

「まあ、見てなよ」

花音はそう言って、さいころをすごろくの上に放った。

三の目が出た、と思った次の瞬間、小さな何かがすす、と三のマスに移動した。

人形、に見える。

「えっ、なにこれ」

「黙って見てなって」

人形は動かない。その代わり、

『みぞうのだいききん』

僕はわっと声をあげて飛び退《しさ》った。

子供の声で、そう聞こえたからだ。

僕がひっくりかえったような姿勢のまま見ていると、花音が笑う。

「あんた、ビビりすぎ」

「え、だって、いま、なんか……」

「そそ、面白いでしょ。喋《しゃべ》るんだ」

「おかしいよ」

なんで花音が面白そうに笑っているのかまったく分からなかった。

すごろくは正真正銘、紙でできている。人形だって、最初はどこにもなかった。

「こんなの、変だ。意味が分からない。どういう仕組みで」

「知らないよそんなの。これ、紙だけど、なんか仕込んであるんじゃない？　電気とかじゃないの？」

「ありえないよ。だってこれ、すごく昔のやつでしょ」

「思い込みかもしれないじゃん。わざと古い加工してるとか」

確かに、骨董品《こっとうひん》を鑑定する番組で、作られた時代をごまかすために、わざと汚してあるとか、そんな風に言われている皿があった。

「じゃあ、これ、最近作られたものなのかなあ……」

「さあね。知らない。それより優斗、あんたの番だよ」

「えっ？」

僕は思わず大声を出して、花音に声でか！　と怒られる。

でも、信じられない。僕の番ということは、花音は二人ですごろくをしようとしているということだ。こんな、楽しくもなさそうだし、怖いもので。

「え、なに、それ……」

「すごろくだもん。順番にさいころ転がして。それくらい分かるでしょ」

「分かるけど……」

「二人だとやっぱできるんだ。嬉《うれ》しい」

花音は僕の反応を気にも留めずに、楽しそうに笑っている。「やっぱ」ってどういう

ことなのか。そう聞くと、

「あのさ、私ちょっと前にここ見つけて、これも見つけて、やってみようとしたんだけど。ひとりでさいころ振っても、そのうちトークンは消えちゃうの。だから、二人以上じゃないと遊べないんだって思って、優斗連れて来た」

トークンというのは人形のことかもしれない。

僕はやっぱり何も言えなかった。何から言えばいいのか混乱してしまったからだ。

まず、こんな廃墟《はいきょ》みたいなところに一人で来ること自体意味が分からない。そこに箱が置いてあっても僕なら絶対開けようとは思わない。ましてや、遊ぶなんてありえない。僕は人形が動き出した瞬間逃げてしまいそうだった。もし一人なら気絶していたかもしれない。仕組みの分からないものは怖い。

花音は無邪気に楽しんでいるように見える。度胸があるのか、馬鹿なのか、僕はどっちもだと思った。

「僕こんなのやりたくないよ」

「はあ？」

「だって、怖いし……」

「やらないともっと怖いよ。呪われるよ」

「呪いっていうのは、僕が呪われたって認識して初めて成立するものだから」

「じゃあ成立してるじゃん」

花音はにやにやと笑う。論破された、と思った。

人形は目も鼻も口も曖昧《あいまい》で、てるてる坊主とか、お地蔵さんみたいな形をしている。

「ほら、さっさと座って。あんたの番だから」

人形までもが僕を待っているように見える。

僕は泣きそうなのを必死に堪《こら》えて、ベンチに座った。

「じゃあ……やるよ」

さいころを持つだけで手が震える。

放り投げると、五の目が出た。

すると、また、人形が出てくる。今度は、赤い色をしていた。

赤い人形は五の目に止まる。

『こすて』

今度も、子供の声だった。でも、さっきのとは少し違うようだった。

「へえ、ボイス違うんだ」

花音は驚くこともなく、そんなことを言った。やっぱり、信じられない図太さだ。

絵は、着物の男が、小さな男の子を、引き摺《ず》っているように見えた。男の子は泣いている。

「こすてって……」

「子供捨ててるんじゃない」

「ええ……」

花音は僕の困惑をまるきり無視してさいころを転がす。

人形はどんどん進んで行った。

人生ゲームと違って、マスになんらかの指令が書いてあるわけではないから、さくさくと進む。書いてある文字は達筆すぎて読めなかったけれど、人形の声と、絵で、なんとなくストーリーを把握することができる。

不気味だった。

家族三人で質素に暮らしていた男だが、ある日大飢饉《だいききん》が起こる。食うものに困ってネズミや木の皮まで食べることになるが、冬が訪れて、それも不可能になる。村中で死者が出て、死体を食う人間まで出てきた。男は、妻と自分、そして年老いた母親を生かすために、子供を山に捨てようとする。山に嫌がる子供を引き摺っていくと、途中で毛むくじゃらのバケモノに出会う。男はバケモノと話し合い、子供をバケモノに渡した。男はまた山に入ると、何かを発見して大喜びする。絵では、赤茶色の石に見えた。男が、その石を売ると、とても価値のあるものだった。男はそれで得た金で、会社を興し、大金持ちになる。

勿論《もちろん》、飢饉で骨と皮だけになった人だとか、子供の泣き顔だとか、バケモノだとかの絵は気味が悪い。でもそれよりも、子供と引き換えに成功した、そんなストーリーに見えて、僕はぞっとした。これがお話だということは分かっていても、そんな、子供をバケモノに渡すような悪い人が成功する話を、子供が遊ぶすごろくにした意味が分からない。

何よりも不気味なのは、ゴールのマスに描いてあるのが大成功した男の姿ではなく、バケモノが目を三日月のような形にして笑っているところだったことだ。

「ね、もうやめよ」

花音が四の目を出して、ゴールより一つ前のマスに人形が止まったとき、僕はそう言ってみた。

「もう、花音ちゃんは勝ち確じゃん。花音ちゃんの勝ちで、終わり終わり」

「は？　次優斗の番だけど」

僕は赤い人形を指さす。

「見てよ。次六出しても、四マス前にしか辿《たど》り着かないよ。だから、なにがあっても花音ちゃんの勝ちだって」

「は？　だったらゴールまで行っても同じでしょ」

「そうなんだけど……」

なんとなく、ゴールに止まったらダメな気がする。なんとなく、バケモノの絵が怖い。でもどっちも「なんとなく」だから、上手く言えない。

「ねえ、早くして」

僕はさいころを放ってしまった。

紙を滑って、床を転がり、二の目が出る。

『おわかれ』

子供の声が聞こえる。マスには、男が山に背を向けている絵が描かれている。

「あたしの番ね」

花音は止める間もなく床からさいころを拾い上げて、また放った。

紙の上で何回か回転してから、三の目が出た。

何が出ようと、ゴールだ。

人形はすすす、と進んで行って、バケモノの顔の上に立った。

『まわりまわりのこぼとけは』

様子が違う。

『なぜにせがひくい』

人形はくるくると回っている。

『おやのたいやにととくうて』

ゆっくりと回りなら、歌っている。

『それでせがひくい』

人形がぴたりと止まって、仰向《あおむ》けに倒れた。

その瞬間、振り向く。花音も振り向いている。どうしてかそうしなければならないような気がした。

視界に入って来たのは、笑顔だった。

子供だ。

小さな子供が、にこにこと笑いながら立っている。

「たすけてえ」

その子の方から聞こえた。

「たすけてえ」

笑顔のまま、子供は悲鳴をあげている。

「いたいい、たすけてえ」

鋭い痛みが太腿《ふともも》に走った。

短く、痛い、と声が出る。ベンチから突き出した木のささくれが刺さっていた。それをきっかけに、僕の足は動いた。

花音の手を取って、足をめちゃくちゃに動かす。

「やめてえたすけてえ」

背後から子供の声が聞こえる。

花音の顔を見る余裕なんてない。

僕は両足を必死に動かした。何度も転んだかもしれない。でも、花音の手を離さなかった。

来た道を全速力で引き返して、離れも突っ切る。

母屋《おもや》の勝手口が見える。扉の前に、おじいちゃんが立っている。

大きく手を振っている。

「はしれっ」

怒鳴り声が聞こえる。そんなことを言われても、僕はもう、全速力で走っている。

「ころさないでえ」

ぞっとする。耳のすぐ後ろで聞こえた。

ほんの数メートルが遠い。

「いたいよお」

耳にぬるい息がかかった。

左腕が引っ張られる。

僕はおじいちゃんに強く体ごと引かれて、勝手口の中に入った。

ドンドンドンドンドンドンドン、と激しく木の扉が叩《たた》かれる。

汗がだらだらと流れる。手がぬめっている。

「やめてええ」

叫ぶこともできなかった。肩で息をする。横に気配がある。僕は花音の手を離していなかった。でも。

花音は目を大きく開いたまま、口を動かしている。

「いたいよお」

扉の外の声とまったく同じ調子で花音が話しているのだ。

喉《のど》から悲鳴が漏れた。

「たすけてえ」

僕は後ろから抱きかかえられた。一瞬体が固まる。

もう大丈夫だ、と囁《ささや》かれて、顔を見ると、お父さんのお兄さんの健太郎《けんたろう》さんだった。健太郎さんは、花音の父親でもある。

僕は抱き締められた格好のまま、母屋の奥に連れて行かれる。花音と手が離れた。

花音はぼんやりとした様子でずっと「たすけて」「いたいよ」を繰り返していた。

僕は、縁側に近い、小さな部屋に入るように言われた。花音は健太郎さんに連れられて、別の部屋にいるらしい。

座布団もなしに、そこに座るように言われる。

おじいちゃんとおばあちゃんはいつもと違う様子で、空気が張り詰めていた。息がうまく吸えないような気分だ。

「何をしとったか正直に教えて」

ぎょろぎょろとした目で睨《にら》みつけるおじいちゃんの肩を叩いてから、おばあちゃんがそう言った。

僕は、おじいちゃんの怖い顔を見ないようにしながら、順を追って説明する。

離れの向こうに小屋を見つけたこと。その小屋の中にすごろくがあったこと。花音と一緒にすごろくをしたこと。そうしたら、勝手に動きだしたこと、子供の声が聞こえたこと。ゴールしたときに歌が聞こえたこと。そして、子供に追われてきたこと。

「歌っていうのはどんな歌か」

おじいちゃんが尋ねて来る。

「ええと、まわりまわりのこぼとけは〜ってやつ……」

おじいちゃんが唸《うな》り声をあげた。

「ほうか、やっぱり……ほうか」

おじいちゃんはぶつぶつと言った後、立ち上がる。

部屋を出て行こうとするから、

「おじいちゃん、あれ、なに？」

おじいちゃんが振り向く。なぜか、驚いたような顔をしている。

「近所の子……？」

「ちがう」

まだ、扉を叩いている音がかすかに聞こえる。声は聞こえないけれど。

「とにかく、あれを離さないと外にも出られん」

おじいちゃんはおばあちゃんを手招きして部屋の外に出て行く。

すぐにまた戻ってきて、

「優斗、今日は神間で寝なさい」

神間というのは、神棚が飾ってある部屋だ。あまり使う人もいないからか、ひんやりとした空気感があって、僕はちょっと怖い。でも、不満を言える雰囲気ではないし、僕も、神棚があると安心だ。幽霊とかオバケとか信じていないけど、なんとなく神様には安心感がある。自分でもどうしてか分からない。

僕が頷《うなず》くと、おばあちゃんが手を握ってくれた。

「ごめんねえ、怖かったやろ」

「うん……」

「とりあえずはね、あれ、帰ってもらわないと……」

おばあちゃんに手を引かれながら、神間に移動する。移動する最中に、叩く音が強くなったのが聞こえた。僕の喉から、ヒィ、という情けない悲鳴が漏れた。おばあちゃんを見ると、僕よりもずっと、真っ青な顔をしていた。

神間に入って、真っ先に目に入ったのは、こんもりと膨らんだ布団だった。

「えっ、なに、誰？」

「花音ちゃんよ」

「えっ」

確かに、小さい声で、たいよ、とか、そんなことが聞こえてくる。

ぞっとした。

「嫌だよっ」

僕は首を横に振って、必死に拒否をアピールした。

「なんで？　別の部屋にしてよ！」

「いたいよぉっ」

僕が大きな声を出したのと同じタイミングで、花音も大声で言った。

「……ほんなこと言うたら、花音ちゃんが可哀想でしょう」

おばあちゃんが静かにそう言う。悲しそうな顔。そんな顔をされてしまったら、こっちが悪いみたいだ。

「とにかく。今晩はここで過ごしてね」

「えっ？　お風呂《ふろ》は!?」

僕はびっくりして大声を出してしまう。必死に走ってきたこともあって、死ぬほど汗をかいた。今そのせいでシャツが冷えて、寒いくらいだった。

「ご飯と着替えは中にあるから」

「お父さんとお母さんは」

「優斗、ええ加減にしろ」

おじいちゃんがぴしゃりと言った。

「もうあかんのや、分かるじゃろ」

強く扉を叩くような音が聞こえた。僕は頷くしかなかった。

とにかく、僕は朝が来るまで、この部屋にいなくてはいけないということだった。「本当に困ったら、神棚に向かってお祈りしなさい。朝が来たらお母さんが声かけるけん、それまではここ開けないでね」

おばあちゃんはそう言って、神間の襖《ふすま》を閉めてしまった。

テレビを見てもいいと言われたので、早速つける。歴史の教科書で見たみたいな古いテレビだ。時刻は夜の八時だった。

そもそも、あんまりテレビを見ない。

僕は科学の実験とか、そういうコンテンツが好きで、それらは大体 YouTube に動画がある。せめてスマホを持ち込みたかったけど、僕のスマホは鞄《かばん》の中に入ったままだと思う。

仕方なくチャンネルをいくつか替えるとNHKが映る。幻の超科学兵器、というテロップが見える。少しは面白そうだ。

少し観てみたら、ニコラ・テスラの特集だった。少し分からないこともあったけれど、優秀な科学者だったテスラが、「地震兵器」とか「殺人光線」とかを開発する妄想に囚《とら》われて、最後はみんなにそっぽをむかれ、寂しく死んでしまったという内容だった。

悲しい最期だったけれど、最後まで研究をし、大量に論文を残していたのは純粋にすごいと思う。なかなか面白い番組だった。次の回はエドガー・アラン・ポーの特集らしい。東京で見るかもしれない。

その番組が終わった後、別のチャンネルにしてみたけれど、あまり興味のないドラマとか、お笑い番組がやっている。

『お前、そんなんしたらあかんやろ！』

お笑い芸人がツッコミを入れ、スタジオが爆笑の渦に包まれる。

僕はどこがおもしろいんだろう、と考えながら、うとうとしてしまった。

「いたいよぉっ！」

大きな声が聞こえて飛び起きる。

「やめてえ、たすけてえええええ」

花音だ。

花音が大声で叫んでいる。

電気もテレビも点《つ》けっぱなしで寝たから、明るい。午前二時。真夜中だ。はっきりと花音の顔が見える。

花音は目を大きく開けていた。

でも、いたいとか、そういうのは、苦痛からの悲鳴というわけではなく、動物の鳴き声みたいだった。

静かにして、とは言えなかった。本当に気味が悪くて、声を出したら花音が僕のことを認識して、何かしてくるかもしれないと思った。少し可愛い年上の従姉《いとこ》なんて全然思えなくて、もうこれじゃあバケモノだ。

バケモノ。

すぐに、そんなふうに考えたことを後悔する。どうしても思い出してしまう。すごろくに描いてあった、毛むくじゃらのバケモノ。ニコニコ笑っていた。そして、あの子供も。

体がぞくぞくする。気持ち悪くて吐き気がした。

「ま、わり、まわりのー」

花音の口から聞こえたのとは違う声だ。

まわりまわりのこぼとけは

なぜにせがひくい

おやのたいやにととくうて

それでせがひくい

歌だ。外から、大勢の子供の歌声が聞こえる。

僕は神棚の位置を確認しようと思った。それで、必死に助けてくださいとお祈りするつもりだった。

でもできないことはすぐに分かった。

神棚はぼろぼろになっていた。さっき見た時とは全然違う。めちゃくちゃに荒らされている。

へたり込んだ。

もうお手上げだった。

襖が強く叩《たた》かれている。

絶対に開けてはいけないと思う。

でも、気づいてしまった。襖に小さな穴が開いている。

「たすけてえっ」

襖の揺れが止まった。それでも、当然目が離せない。

何かが穴から転がり込んで来たのが分かった。

人差し指くらいの大きさのものが、ころころと、いくつも。

虫だったらどうしようと思う。気持ちが悪い。でもそんなことを考えている場合じゃない。虫にしても、何にしても、ここから出さなくてはいけない。

右手に力を入れると、ほんの少しだけ、痙攣《けいれん》みたいに動いた。

もう一度力を入れてみる。

すると、突然、虫かと思っていたものが、一斉に同じ姿勢になった。小さいヒト――

いや、人形だ。小さな人形たちが、こちらを向いている。

『新右衛門《しんえもん》　冥界《めいかい》下り』

小さな人形がそう言った。

『新右衛門　冥界下り』

他の人形が合唱する。

信じられない。でも、目の前で、小さな人形たちがちょこまかと動いて、人形劇みたいなものをしようとしている。

見てはいけないと思う。でも、見ないでいてもよくないことが起こりそうだと思う。目がぴりぴりと痛む。瞬《まばた》きを忘れていたのかもしれない。無理やり何度も目を閉じたり開いたりしていると、唐突にそれは始まった。

『新右衛門は村一番のお金持ち。しかし、随分年を取ってしまいました。新右衛門は考えます。自分が死んだら、沢山ため込んだ金も、美しい妻も、大切な子も孫もすべて水の泡。さて、死んだ後でも、同じように幸せに過ごす方法はないかと』

人形が——恐らく新右衛門役の人形が、悩んだようなポーズをしてから、歩きだす。

『新右衛門は悩んで悩んで、ある男に相談しに行った。その男は村はずれに住んでおり、誰もが認める千里眼。しかし人のことは大嫌い。家族も友達もだあれも作らず、たまに占いをして金を稼いでおりました』

新右衛門人形が山を登り、その頂上にある別の人形のところに辿《たど》り着く。

『新右衛門は男に欲しいだけ金をやると言いました。その代わり、死んだ後も、今と同じくらい幸せでいたい。男は金を受け取って、こう言いました。もし本当に、そんなことをしたいのならば、何か大切なものと引き換えだ。新右衛門には大切なものが沢山あります。長年貯め込んだ金で買った、堺《さかい》の大商人も持っていないような逸品です。唐物《からもの》の壺《つぼ》、長崎から取り寄せたギヤマン、かの弘法大師《こうぼうだいし》が書いたと伝わる掛け軸。しかし、男は、そんなものは何にもならないと言いました』

新右衛門人形が山を降りる。

『もし死んだ後も幸せでいたいなら、その思いが本当ならば、自分の命に替えても良いものを引き換えにしなければいけない。男はそう言いました。ものは、所詮《しょせん》ものです。命よりも大切ではありません。新右衛門は思いつきました。そして、決意しました。三年前、新右衛門の長男の嫁が孫を産みました。元気な男の子でした。新右衛門にとって、その孫は何よりも大切なものでした』

新右衛門人形は右手に、小さな人形を連れていた。そしてまた、山を登って、男に会いに行く。

『男は、山道の奥の奥、ずっと奥の道を進めと言いました。その先になにかがいるから、それに大切なものを渡したらいいと言いました。なにかとはなにか、と新右衛門が尋ねると、男は、神かもしれない、化け物かもしれない。何にせよ、知ろうとしても知ることはできないのだと答えました。新右衛門はそれが何かには興味がありません。だから、男の話も聞き流しました。ただ考えていることは、死んだ後に訪れる極楽のことだけです』

新右衛門人形は男と別れ、孫の手を引いたまま山道を進んで行く。

『まず一つ目の門が現れました。門の前には、若い娘が立っていました。通ろうとすると、いけません、と止めてきます。こちらに入りたいのなら、指を捧《ささ》げませ。娘はそう言いました。新右衛門はすぐに指を切って、その娘に渡しました。指の一本など安いものです』

新右衛門人形は懐から小刀を出して、振った。新右衛門人形の小さな指が落ちる。娘の人形はそれを受け取った。門が開く。

『新右衛門は指の痛みに耐えながら進んで行きます。すぐに、次の門が現れました。前にいたのは大男です。同じように、通ろうとした新右衛門を引き留めます。ここを通りたくば舌を捧げろ、そんな風に言うのです。新右衛門は少し迷いました。舌がなければ話せない。しかし、極楽のことを思えば、吾身《わがみ》に残された少ない時間を押し黙って過ごすことなどどうでもいい』

新右衛門人形の口から赤い欠片《かけら》が落ちた。新右衛門は進んで行く。

『最後の門の前には、老人がいました。新右衛門と同じくらい老いさらばえた老人です。老人は言いました。ここを通りたいのでしたら、目を捧げなされ。目と聞いて、新右衛門は、戻ろうかとさえ思いました。指や舌とはわけが違います。目の見えない者がどのように暮らしているか。それを考えると、叫び出しそうなほど怖かったのです。しかし、考えて考えて、やはり極楽の方が大切だと思い、新右衛門は目を捧げることに決めました』

新右衛門人形の目の部分には、ぽっかりと二つ、穴が開いていた。

『さて新右衛門はとうとう、それの元に辿り着きました』

新右衛門人形の前に、何かがいた。毛がたくさん生えていて、人間のように見えるけれど、でも、確実にそうではない。

『新右衛門はもう何も見えなかったけれど、目の前にいるのが、男が言っていたなにかだと分かりました。新右衛門は孫を渡しました。もう何も言えなかったけれど、言葉を出さずとも、そのなにかは理解したようです。それで、こう言いました。契約だ、約定だ。これをお前に渡してやろう。これは極楽の門の鍵《かぎ》だ、と』

何かが、新右衛門人形に光る棒を渡した。

『契約だ、約定だ。これをお前が、お前に縁のある者が持つ限り、毎年ひとり、大切な者を捧げよ。振り返らずに帰れ』

新右衛門人形が山を下っていく。

『新右衛門は山を降りました。後ろから孫の悲鳴が聞こえました。ばりばりとものを嚙《か》み砕く音が響いていました。しかし、新右衛門は振り返りませんでした。最後の門を通った時、目が戻り、二番目の門を通った時、舌が戻り、最初の門を通った時、指が戻りました。新右衛門は振り返りました。もう何もありませんでした。門は、跡形もなく消えていました』

新右衛門人形はいつの間にか布団に入っている。その周りを、色々な大きさの人形が取り囲んでいた。

『新右衛門は死にました。肉体の軛《くびき》を捨て、魂が極楽へ入ったのです。極楽の門の鍵は、新右衛門の息子に渡されました』

コトリ、と音がした。

人形劇が終わったのかもしれない。

全部の人形が、仰向《あおむ》けに倒れている。

「いたいよぉっ」

花音だ。花音が叫んでいる。

「いたいいぃ、いやだ、とうちゃああんいたいよぉおおお」

襖《ふすま》が揺れる。

最初はかすかに――でも今は、部屋全体に揺れが伝わるくらいだ。

まわりまわりのこぼとけの歌が聞こえる。聞きたくない。

襖の前にいるのが何か想像してしまう。

小屋のときは子供の姿をしていた。

でも、今はきっと違う。

「いたいい!」

きっと、毛だらけの、猿みたいな生き物が立っている。そして、襖を揺らしている。

「やめてえええええ」

花音が絶叫しながら立ち上がる。襖に近づく。

僕が花音の腕を摑《つか》むと同時に、襖が開いた。

「優斗」

お母さんだった。

「お、おか、おかあ……おかあ、さ」

口から出てくるのは、人間の言葉じゃないみたいだった。

お母さんがいた。お母さんの腕が、僕を抱き締めた。

「頑張った、頑張ったねえ、頑張ったねえ」

お母さんはいいにおいがする。反対に僕はすごく臭い。

そのことも悲しくて、言葉にならなかった。

外は日が照っていて、いつの間にかテレビで朝のニュースがやっている。午前七時半。お風呂《ふろ》に入りなさいと言われたけれど、僕はお母さんから離れられなかった。お母さんはくっつき虫みたいになった僕の顔を見て、お母さんとお風呂入ろうか、と言う。普段なら絶対嫌だと言ったけど、僕は何度も頷《うなず》いた。絶対に一人になりたくなかった。

部屋を出る時、もう一度振り返ると、花音は部屋の隅っこに座っていた。

「たすけて……いたいよ」

小さな声でぼそぼそと言っている。花音も両親の健太郎さんと綾子《あやこ》さんに抱き締められている。でも、ずっと。

お母さんとお風呂に入って着替えをして、お願いして作ってもらった地元の有名ラーメン店の袋麺《ふくろめん》を食べた。

それから僕はおじいちゃんとおばあちゃんの前にまた座らされる。

「花音ちゃんは？」

僕が聞いても、二人とも黙っている。もう一度聞こうと口を開いた時、

「病院に行った。健太郎が連れて行った」

おじいちゃんが短く答えた。

僕はそれ以上聞けなかった。今度は、僕が答える番らしい。

一体、何が起こったのか。

僕はまた、「まわりまわりのこぼとけ」を聞いたことを話した。おじいちゃんはそれだけで、顔を顰《しか》める。

謎の人形劇のことも、勿論《もちろん》話した。

言葉が難しくて分からないところもあったから、きちんと伝えられているとは思えない。それに、信じてもらえないかもしれないと思った。でも、二人とも真剣に聞いてくれた。

それで、また相談する、と言って、どこかに電話をかけた。もう行っていいらしい。

すごく気持ち悪くて嫌で怖い体験をしたけれど、体が綺麗《きれい》になって、お腹がいっぱいになって、お父さんとお母さんがいて、外が明るいから、なんだかそんなに怖くなくなってくる。

ここに来た時、お父さんが言っていたことを思い出す。残酷だったり、グロかったり

する部分だけを誇張したものは、きっと田舎を馬鹿にした人が捏造《ねつぞう》したんだ。

どうしても、あの新右衛門の人形劇は、昔ここであったことなのかな、そんなふうに思ってしまうけど、きっと違う。田舎を馬鹿にした誰かが、勝手にお話を捏造して、人形劇を上演した。誰かが何なのかは、分からない。人間がやったと考えるのが合理的だけれど、あんなことの後だと、妖怪《ようかい》とかオバケとかの仕業、そんなふうに考えてしまって、自分の発想が気持ち悪い。全然科学的ではない。花音がここにいたらいいのに、と思う。そうすれば、二人で意見を交換して、正解に近づくことができるかもしれない。

一人で行動するのは嫌だけど、今はみんな起きているから、一人で歩き回っても、視界には必ず親戚《しんせき》の誰かが入っている。でも、外に出る気はしない。襖は開け放たれていて、中庭が見える。中庭は一応、家の中ということになるのかもしれないけど、外の空気が入っているし、天井がないから、僕の中では外だ。中庭が見える廊下を通る時は下を向いて歩いた。

お昼は親戚の人たちも一緒にピザを食べた。

「ここにも宅配ピザってくるんだねえ」

そう言うと、伯母《おば》さんがやあねえ、と言う。

「こんなところ来るわけないじゃない。私が作ったのよ。窯があったからね」

「すごい！　美味《おい》しいよ、完全にお店の味」

「まったく、優斗は調子いいんだから。誰に似たのかしらね」

どこからともなく笑い声が聞こえる。花音もこの中にいて、一緒にピザ美味しいねって言えればいいのにと思った。

こんなふうに過ごした。ずっとこんな風に過ごして、東京に帰ればいいと思った。

でも、やっぱりそうはいかなかった。

外が暗くなってきたとき、ドン、という大きな音が外から聞こえた。慌ててみんなで庭に出る。

玄関の方を見ると、庭を突っ切って、綾子さんが歩いてくる。その後ろを、健太郎さんも。背後に、壊れた石の塀と、赤い車が見えた。

「どうするつもりなのっ！」

綾子さんは縁側に腰かけていたおじいちゃんに詰め寄った。

「意味が分かんないことで、花音が、あんなふうになって！」

おじいちゃんは何も言わない。それで、ますます綾子さんがヒートアップする。

「どうしたらいいのよ！　なんでこんなことになってるの！」

綾子さんはひとしきり怒鳴った後、くるりと後ろを向く。

目が合った。

僕だ。

「どうして、こんなことになったのお？」

綾子さんが笑っている。違う。無理やり笑顔を作っている。口角がぶるぶると震えている。

目が合っている。

綾子さんは確実に僕の方を向いている。

「ねえ、どうしてあんたは平気なのお？　ねえ、あんたはどうして？」

そしてものすごい勢いで、僕の胸倉を掴んだ。それと同時に、健太郎さんが引き剝《は》がす。

「どうして止めるのよっ」

「優斗に当たっても仕方ないやろ！」

「仕方なくない！　おかしいじゃない、二人でいてこの子だけ無事なんて。きっと、変なことしたんだ！　変なことしたから花音がっ」

「ええ加減にせえ！」

健太郎さんが綾子さんの右頰を打った。高い音が響く。

綾子さんは地面に倒れ込み、そのまましくしくと泣いた。

「だって、花音が……どうして花音だけ……なんでえ」

健太郎さんが慰めている。

居心地が悪い。僕だって被害者なのだ。しかも、始めたのは花音だ。それでも、こんなに泣かれてしまうと、僕にも悪い所があったのかもしれないと思う。でも――

ギイ、という音がした。

ギイ、ギイ、ギイイ。

音が近づいてくる。

学校で、校務員さんが、なかなか開かない校門を押したとき、こんな音がしていた。

嫌な音だ。

その音のする方に顔を向ける。

「女の子はもう治らんね」

逆光で顔が見えなかった。でも、なんでその人からこんな嫌な音が出ているのかは分かった。

「諦《あきら》めた方がえい」

車椅子に乗っている。

だから、目線の位置は僕と同じくらいだ。

「誰じゃ！」

おじいちゃんが怒鳴った。

車椅子の人はまったく動揺する素振りもない。ゆっくり、ギイギイと車椅子を漕《こ》いで、みんなに姿が見える位置で止まった。

「物部斉清《もののべなりきよ》。あんたらが電話したろうが。でも、心当たりには断られたがじゃろ。ここに来たんは、ずうっと前に約束したからですわ」

顔が見える。

綺麗な顔だった。ドラマに出ていても、あまり違和感がないくらい。髪の毛をゆるく束ねていて、柄物のシャツを着ている。

「ナリキヨさんて、あの、ナリキヨさん？」

おばあちゃんが小さく呟《つぶや》いた。

「えっ、母さん、知ってるの？　あの人、タレントとかなの？」

伯母さんの呑気《のんき》な声が聞こえる。おばあちゃんは違うわよ、と言った。

「物部さんっていう、拝み屋さんの一族がいるんよ。お祓《はら》いとか、あと、心霊現象で困ったときなんとかしてくれる方で」

「あれ、それって津守さんやない？」

他の親戚が口を挟む。

「ウチ、家建てる時、津守日向さんっていう拝み屋の方にお世話になったけど」

「同じ流派の別のおうちの人らしいわ。昨日も電話したんやけど、結局断られてしまって……でも、ずっと前、津守さんから聞いたことあるんよ。ナリキヨさんに任せればなんでもうまくいく、みたいなこと」

ははは、と大声でナリキヨさんが笑う。

「なんでもうまくはいきませんわ」

「で、でも、なんかすごい方なんよね？　あなたも聞いたことありますよね？」

そう聞かれてもおじいちゃんは答えない。眉間《みけん》に皺《しわ》を寄せて、ナリキヨさんをじっと見つめている。

「俺がすごいかどうかは分からんけどね、サイテキカイではあるね」

ナリキヨさんは人差し指を一本立てた。手に黒い革手袋を嵌《は》めている。

「ここはもううまくいきません。ほいでもなんとかしますけん、あんたら全員出て行ってくださいち言いにきたんですわ」

おばあちゃんが戸惑ったような声をあげた。

「なんや、よう分からんことが起きてるのは分かりますけど……お祓いとかして、それで」

「無駄じゃね。お祓いして解決するようなもんと違いますわ。ほじゃけん、断られたがですわ。はよう出て行ってください」

ナリキヨさんの、あまりにも断定的な口調に、親戚の人たちがぼそぼそと不満を漏らしている。僕だってそうだ。拝み屋、という言葉は聞いたことがある。漫画に出て来たからだ。悪霊とかを祓う、霊能者だ。

お話ならいい。でも、今起こっていることは現実だ。

すごく恐ろしい体験をしたし、たしかに、そういう仕事の人が必要だというのは分かる。でも、この人は信用できない。

動画で観た、霊能者に似ている。断定的な口調で、一方的に捲《まく》し立てて、相手を洗脳して操る。お祓いのグッズとかを買わせたりする。霊感商法と言うらしい。

ざわざわしているだけで誰も直接言わない。そういうところもなんだか苛々《いらいら》する。

でも、この中で、あれを体験したのは僕だけなんだから、もしかして、僕がきっぱりと言わなきゃいけないのかもしれない。今のところ、八割くらい疑っているけれど、二割くらいは頼りたい気持ちもある。僕が試してやらなければいけない。

「僕の名前は？　何歳か分かる？　好きな食べ物は？　得意な教科は？　将来なりたい職業は？　ジャンプで一番好きな漫画は？　よく見てる配信は？　僕は将来何になるの？　答えてよ」

「ちょっと、優斗！」

お母さんが僕の手を叩《たた》く。でも僕は黙らなかった。

「早く答えてよ！　答えられないでしょ？　こういうの一つも答えられないから、霊能者なんて全員インチキだって、カナメさんも言ってたし。みんな、こんなやつの言うこと、どうして本気にするんだよ」

沢山話しているうちに、試してやろうという気持ちが消えていく。ナリキヨさんが怒鳴ったりとか、何も反応しないから、馬鹿にされているみたいで腹が立つ。こんなに困っているのに、偉そうに何の解決にもならないこと――花音を見捨てろとか、家を捨てろとか、そんなことばかり言って。配信者のカナメさんの生放送にも、こういう、自称・霊能者がよくやってきて、背後霊がどうだから呪われているとか、家を引っ越さないと霊に殺されるとか、好き勝手なことを言う。いつも、カナメさんに、個人的なことを当ててみろと言われて、テキトウなことを言って、それを指摘されて消えていくのがオチだ。どうせ、ナリキヨさんだって、そういう奴だろう。下らない。

いくら、芸能人みたいにかっこいい顔をしていても——いや、かっこいい顔をしているからこそ、ますます偽物な気がする。

「答えられないなら、今すぐ帰ってよ！」

ナリキヨさんは、しばらくしてから、はあ、と溜息《ためいき》を吐いた。心底呆《あき》れているみたいな顔。

「やっぱり、答えられないんだろ！　どうせ、霊能者なんて」

「籠生優斗、十歳、こもり亭の醤油《しょうゆ》ラーメン」

体が震える。ナリキヨさんの目が、こっちを見ている。

「理科、考古学者、Dr.STONE、るーいのゆっくり科学、将来何になるかは見えん」

僕は何も言えなかった。何か言いたくても、言葉が出てこない。全部当たっている。

「こんなん当てて、何になるんか、ガキ、なんちゃやないこと言うなや。土台、信じてもらおうとか、ほんなことは思っちょらん、どうでもえいわ。信じようが、信じまいが、ここはもう終わりや、汚い、汚すぎて、どもこもならん、あこもここもひとつも通れん、えずうて泣いてしまいそうじゃ」

ナリキヨさんの目は、教科書で見た「曜変天目」という国宝の茶碗《ちゃわん》みたいな色をしている。青みたいな、黄色みたいな、黒みたいな、不思議な色だ。もう僕は、目の前の車椅子の男を疑う気持ちにはなれなかった。この人は、僕の頭の中が全部見えている。多分、僕だけではなく、ここにいるみんなの。

「そんな言い方……相手は子供なのに……」

小枝子《さえこ》おばさんが小さい声で言う。勇気があるなと思う。こんな人に口答えをしたら、頭の中を全部覗《のぞ》かれて、皆の前で秘密をばらされてしまうかもしれないのに。

「別に、ガキ……子供さんに言うちょるわけじゃないがやけど。ああ、すんません、いっつもジジイやババアとしか話さんき、しょう訛っちゅうし、言葉もきつい言われます。反省しんといかん。ほんじゃ、頑張って丁寧に話しますわ」

ナリキヨさんは「丁寧に」と言ったのに、ぶっきらぼうな口調で続ける。

「津守さんとの約束じゃき、来ましたけんど、もうここはどうにもなりません。全部諦めて逃げて下さい。粉々に砕けた壺《つぼ》を接着剤でぐっちゃぐちゃにくっつけた状態ちゅうたら分かりますかね。誰じゃってそんな壺捨てろ言いますわ。そんなんは壺ですらないがでしょ。壺じゃ思うちょるのはあんたらだけですわ。ほんで、そんな状態なんに、どうしても、どうしても、言うて無理にやらせたがですよね、図々《ずうずう》しい。腹の立つ。俺は津守さんと違って甘くないがですよ。間違いもありません。全部分かっちょる。はっきり言いますけんど、津守さんが亡くなったんはあんたたちのせいですよ。責任を感じてくれんかね。おい、聞いとるんか、そこのジジイはよ」

黒い革手袋に包まれた人差し指が、おじいちゃんを指さした。

おじいちゃんは舌打ちをして、低い声で小さく何かを言った。

「何ぞ言いましたか」

「お前、偉そうに、ジジイて、何様のつもりか」

「俺のジジイはジジイ言われても怒らんけどね。まあえいわ、ほんじゃ、爺さんじゃ。爺さん、あんた、全部ここで言うてえいがか。言うてえいなら、言いますけど」

「それはっ」

おじいちゃんの声が震えている。焦っている、そんな感じの顔だ。おじいちゃんは口を開いたり、閉じたりして、何か言おうとしている。でも、結局何も出てこなかったみたいで、黙ってしまった。

「ようほんな態度でおれるもんじゃね。偉そうに、他人を怒鳴れるもんじゃね。そもそも、平然と暮らせること自体、意味が分からん。何人殺したら気がすむん？」

「殺した……？」

お父さんが恐々とおじいちゃんの方を見る。おじいちゃんは目を剝《む》いてナリキヨさんに詰め寄る。

「お前、それ以上言うとっ」

「いつまでもほういう態度なら、こっちももう全部言おうかね。おう、お父さん、俺は殺したち言うたが。お前らが殺した。まさかここまで沢山殺したとは思いもしませんでした。うちの神様も昔はこういう……生贄《いけにえ》いうんか、やっちょったらしいですけどねえ、昔、昔の話ですわ」

「生贄……？　なんのことだか……」

「ああ、お父さんは知らんのか。ちょっとは安心したわ。人でなしは爺さんだけっちゅうことですね」

　不安そうに顔を曇らせるお父さんを見て、ナリキヨさんはうすく笑った。

「爺さん、当てが外れたな。津守さんからこう聞いちょるんですよね。『当代きっての霊能者』『斉清さんが来てくれたら大丈夫じゃ』こんなふうに。想像がつく。よう言われますけん。俺を呼んだら解決するち思ったんじゃないながですか。カダイヒョウカじゃね。もう遅いんよ。五十年は遅いわ。ずうっと間違った土地じゃ。津守さんがそもそも間違っちょったのが悪いなんて言わせん。お前がやっちょったことの責任はチャラにはならん」

「ま、待ってくださいよ……話が分からない。僕は、本当に、どういうことなのか……何も分からなくて」

　お父さんは分からない、分からない、と繰り返した。親戚《しんせき》の何人かもそれに賛同した。

　ナリキヨさんは少しだけバツの悪そうな顔をして、咳払《せきばら》いをした。

「ああ、すまんね。勝手に話進めてしまうんは、俺の悪い癖じゃ。本当に何も知らん人にとっては、気の毒なことです。ほいじゃ、ざっと説明しましょうかね。説明ゆうても、俺みてえな勉強のできんモンにうまく伝えられるかは分からんけど」

おじいちゃんはやめろとか、馬鹿野郎とか、口の端から唾《つば》を飛ばしながら言って、ナリキヨさんを殴ろうとしていたけど、お父さんと伯父《おじ》さんに手を押さえられて、動けないみたいだった。僕は、いつも厳しくて、それでも優しいおじいちゃんがこんなふうになるのが悲しかったし、なんだかとてもがっかりした。

あれは、子供の霊のようなものだ、とナリキヨさんは言った。

この土地には、妖怪《ようかい》とか幽霊とか、そういうものが出るという伝説があった。猿の姿をしていて、よく人里に降りて来て、驚かして帰って行く。何が由来かは分からないが、「てんじ」と呼ばれていた。

てんじはそういう、ほぼ無害な存在だったけれど、ある日、この土地に住む子供の一人が、てんじに攫《さら》われて亡くなる事件があった。これはいよいよ、退治しなくてはならない、という話が出たのだけれど、ある日、土地の男が、山中で露頭（岩石や鉱床が露出している場所）を発見した。その男は子供が攫われた家の者だった。そして後年、銅山の経営で莫大《ばくだい》な富を築いたという。

そのことから、土地の人間はある推測を立てた。

あの男は、てんじに子供を捧《ささ》げたのではないか。

てんじに子供を捧げると、幸運が訪れるのではないか。

子供が攫われた家の人間はとうとう、口を割らなかったけれど、確証がないのなら、実際にやってみればいいだけのことだ。

まず、村の人間が選んだ生贄は、流れ者の子供だった。

行き倒れていた旅人が連れていた男の子で、普段は牛や馬の世話をしながら、納屋に住まわせてもらっていた。

大人たちは男の子を縛り上げ、山中に放置した。てんじが一番よく出没する、竹林に。

その夜、一晩中、聞くに堪えない音が響いた。

てんじが、男の子を噛《か》み砕く音。

おとう、たすけてえ、おとう、さむいよお、という男の子の悲鳴。

村の人間は心が痛んだけれど、これもこの貧しい村のためになるなら仕方がない、と考え、耳を塞《ふさ》いで目を瞑《つむ》った。

翌朝、何人かの男が竹林に向かうと、てんじがいた。

悲鳴をあげて逃げようとする男たちを一瞥《いちべつ》して、そのまま去って行った。

残されていたのは、内臓が吸われたような、男の子の遺体だった。

村人たちは男の子の死体を火葬し、供養しながらも、これで村が豊かになる、とほくそ笑んだ。所詮《しょせん》、孤児だ。心の底から悲しむ者もいなかった。

村人たちの醜い期待は裏切られることになる。

待てど暮らせど、何も起こらない。良いことも、悪いことも。ただ、何事もなく、貧しい生活が続いていく。

しびれを切らした村人は、また生贄を用意する。

次は、ある女が産んだ、父親の分からない赤ん坊だった。その女は気が触れていて、誰彼構わず関係を持っていた。女は赤ん坊を次々と産んだ。年老いた両親が女の代わりに育てていたが、皆すぐに死んでしまった。

どうせ死ぬのだから――と、次の生贄をその赤ん坊にしたらしい。女の両親も、悲しむどころかむしろ喜んでいた。

また、竹林の前に赤ん坊を置く。

孤児の男の子のときと同じように、てんじの咀嚼音《そしやくおん》が響いた。赤ん坊は子供よりずっと弱いから、泣き声は一瞬で聞こえなくなってしまったらしいが。

結局、これも失敗だった。何も起こらなかった。

その後何回か、失敗を繰り返して、一人の者が正解に気がつく。

生贄の子供は、大切に育てられていなければならない。

銅山を見つけ裕福になった家も、子供を大切に育てていた。

何度もした失敗の中の僅《わず》かな成功例は、全員が、貧しいながらも一生懸命子を育てていた家の子供だった。

こうなると、話は変わってくる。

富を取るか、子を取るか。

これは大きな問題だった。

最初、多くの人間は、子を取った。まだ、倫理観と、自制心が働いていたらしい。それと、少しの猜疑心《さいぎしん》。大事にされている子供しか生贄としての価値がないという話、もっと言えばてんじが富をもたらすという話も、勝手な臆測《おくそく》で、すべては偶然かもしれない。

それでもやはり、貧しい生活に耐えられなかった人間は、我が子を差し出した。

一目瞭然《いちもくりょうぜん》だったと言う。

子を差し出した人間は豊かになり、この土地を捨てて出て行った。信憑性《しんぴょうせい》があった。ナリキヨさんが「出て行った」と言った人たちが起こした企業は、僕みたいな子供でも知っている会社ばかりだった。

そうして、殆《ほとん》どの人間はここを出て行った。土地の人数はかなり減ってしまった。

それでどうなったかというと、てんじが竹林を越えて来るようになった。

目についた人間を攫い、貪《むさぼ》る。

理由はすぐに分かった。土地からそういった人が出て行っているということは、もう子を差し出す人間もいないということだ。

「こういうのは始めたら終わりなんよ」とナリキヨさんは言った。

当たり前になってしまったものを、途中でやめるのは不可能に近い、と。

てんじは生贄を求めつづけた。

それで、もっと信じられないことに、人間の言葉を話しだした。

猿のような妖怪だったらしいけれど、人間の言葉を話すようになったからか、見た目も人間に近づいて、ぱっと見では判断がつかないくらいにまでなったらしい。

しかし、いくら見た目が近づいても、人間の言葉を話すだけで、人間ではないということは、言葉で分かったらしい。僕は言葉の発音とか、表現がすごく変なのかと思ったけれど、そういうことではないようだ。

「子供の声で話すき」

てんじの口から出てきた言葉は「たすけて」だった。「おとう」だった。「おかあ」だった。「しにたくない」だった。

てんじは、差し出された子供たちの声で話した。

そして、意気揚々と、土地の人間を殺した。

ここでとうとう、そういう力のある人間に相談することになる。ナリキヨさんが言っていた「津守さん」のご先祖様だった。

津守さんはてんじを遠くから見てすぐに言った。

「もうめちゃくちゃじゃ」

今のてんじは、犠牲者の子供と魂がぐちゃぐちゃに入り乱れていて、もうそれはてんじとは言えなかったらしい。そして、めちゃくちゃになってしまったそれは、もう津守さんではどうにもできなかった。

とりあえず、子供の魂を鎮めようと津守さんは言った。

長い間、何人も子供を捧げたから、もうどれくらいの量になっているのか分からないし、その魂が恨んでいるのか、それともてんじに縛りつけられているのか、あるいはどうしてこうなったかも分からないまま蟠《わだかま》っているのかも分からなかったけれど、どうにか奉って、鎮めれば、元は人間であったものだけはなんとかなるかもしれない。津守さんもどうしていいか分からないわけだから、試行錯誤して、それでできたのが「ほとけ」と呼んでいる仏像だった。

仏像は器だ。ほとけの入る器。

きちんと祈る。まるで、本当の神さまにやるように、御神酒《おみき》をあげたり、お祈りの言葉を言ったり、お供え物をしたりする。そうすれば、神様のようになるかもしれないと、津守さんは言った。

でも、やっぱり、それは「かもしれない」だった。

てんじは——てんじの入った器は、移動した。とにかく、色々なところに移動したのだという。

それでも、効果はあった。無節操に人が犠牲になるようなことはなかったのだ。

それは結局、気のせいだったのだけれど。

誰も彼も同じ方向を向くことはありえない。

「まあ、餌を与えちょったんよな」

ナリキヨさんは冷え冷えとした声で言った。

「津守さんとこもなんで気づかんかったんかは分からんけども、ほんなんは言うても仕方のないことじゃね。最初から、間違っちょるき。なあ、ほんでもさあ、どうして思わんかったん。神様のように扱って、ほんで生贄まで捧《ささ》げたら、それはえらい強うて厄介な神様が出来上がることになるとは、どうして分からんかったん」

「ねえ、もしかして、それってさ」

僕は思い出す。どうしても結びつけてしまう。すごろくの人形は、もしかして。

「おう、ほうじゃ。子供の姿をしちょる。何に近いか、ゆうたら地蔵じゃね。でもなあ。いま、見当たらんのんよね。まああんなもん必要ないからなあ、津守さんも余計なことしよったもんじゃ」

ナリキヨさんは一人でブツブツと言ってから、咳払《せきばら》いをする。

「こういうのは始めたら終わりなんよ」

ナリキヨさんがまた、同じことを言った。

人がいなくなってもてんじが生贄《いけにえ》を求めつづけたように、土地の人間もまた、生贄を捧げることをやめられなかった。

もうとっくに、何の富も得られはしなくなっているのに、それは習慣化した儀式となり、津守さんが止めても何度も何度も子供が生贄にされた。

もうどうしようもなくなってしまったから、津守さんは諦《あきら》めた。

流れが変わったのは、第二次世界大戦の後くらいだったという。

「虐待やち言うて、通報した人がおるんよ」

いつものように子供を無理に竹林に連れて行こうとしたところを、この土地に引っ越そうとしている都会の人間が見とがめて、警察に通報したのだという。通報された土地の者は捕まった。

それでようやく、皆目が覚めたらしい。

おかしい。どう考えてもおかしい。何の得もないのに、どうしてこんなことを続けているのか。

それで、また、津守さんに頼った。ナリキヨさんは、「『時すでに遅し』ちぅ言葉を知らんかったがですか」と吐き捨てるように言う。

僕は周りの反応を窺《うかが》った。でも、誰も喋《しゃべ》らなかった。

「まあ、えいわ。ほんで、津守さんはなんべんか、ほとけを捨てろち言ったはずですわ。最初からみんな間違っちょるけんど、まあ、サイゼンサクじゃ。そのとおり捨てれば、とりあえずは、それ以上のことは起こらんかったはずですわ。でもな、全部失敗しちゅうがです。失敗させられた、に近いかな。津守さんはなんも分からんで死んだ。哀れなことじゃ。ほんで俺が来てもなあ。もう、てこに負《え》えない。ほとけごと、が土地ごと、になっただけじゃ」

「でも、でもさ」

僕は聞いている間、ずっと不思議だったことを言ってみることにした。

「なんで、なんのメリットもないのに、てんじに生贄を捧げつづけたの？　そんなことしなくても、逃げればよかったじゃないか」

ナリキヨさんは僕を見て、「賢いなあ」と呟《つぶや》いた。

「俺はよう言えん。お前のジジィに聞いてみたらえいがじゃないろう」

ナリキヨさんは僕から視線を外して、大人たちをじっと見た。

「爺《じい》さんよぉ、あいは、単に子供が好きな——悪戯《いたずら》だけして、帰る奴やったち思うぜ。悪戯ゆうても、人間の考える悪戯とは違うき、死んだりすることもあるようじゃけどな、ほんでも、こがい節操のないことはせんかったち思う。分かっちょるよな？　それを、こがいにしたんは爺さんたちじゃないろう。俺は、爺さんたちが全員死んだらえいち思う」

おじいちゃんは苦虫を嚙みつぶしたような顔をして、黙っている。

突然、赤いワンピースが目に入った。綾子さんだ。

綾子さんは大きく振りかぶって、おじいちゃんを叩《たた》いた。ぼぐっという、鈍い音が聞こえて、おじいちゃんはよろよろと体勢を崩す。

誰も止める間もなかった。

「アンタのぉおおお！　アンタのせいでえええええっ」

ワンテンポ遅れて、お父さんが綾子さんに近づいていって、小さな声で「でも根拠はないし」「こんな話眉唾物《まゆつばもの》だ」「落ち着いてよ」そんなことを言っている。でも、体を摑んで止めたりはしていない。僕だって、ほんの数分前だったら止めていただろうけど、そんな気分になれない。おじいちゃんは、情けなくて、最低に見えた。

「なあ、俺が言うのもなんじゃけど、ほうゆうんは無駄じゃき、後にしたらえいがやないろうね」

冷え冷えとした声でナリキヨさんは言った。

怒鳴りあっていた親戚《しんせき》たちもシンとしてしまう。

「もう一度言います。この土地はもう終わっちょります。どこにおってもアレが来ると思う。俺はここにアレを縛りつけることはできますけんど、他のことは期待せんでください。女の子も治らん、死んだ人間も返ってこん」

「はあっ？　治らないってどういうことよ！」

「治らん。もう吸われた。ものを食べるじゃろうし、言葉を喋るじゃろうし、何より息もしちゅう。でもな、それはもう、吸われちょる。俺がどうこうできるもんでもないわ」

「じゃあっ、じゃあっ」

綾子さんは頬に爪を立てて掻《か》き毟《むし》る。血が滲《にじ》んでいる。

「じゃあっ、お医者さんに診せれば」

「なあ、もうえいがじゃろ。もう分かって」

「うるさい」

ボスッという重たい音がした。ナリキヨさんの車椅子のすぐ前に、大きめの石が落ちている。

「綾子」

健太郎さんが腕を摑《つか》もうとして、ギャッと悲鳴をあげた。綾子さんは健太郎さんの顔の中心に、思い切り拳《こぶし》を叩きつけたのだ。

痛い、痛い、と呻《うめ》く健太郎さんを見もしないで、綾子さんはナリキヨさんに向かって石を投げつづけた。

「さっきからベラベラベラベラ、なんなの。気持ち悪い。嘘吐いて。スピリチュアルとかうんざりなんだよ」

ナリキヨさんは何も言わない。きっとそれが、綾子さんの神経を逆撫《さかな》でしていることも分からないのかもしれない。

「お前みたいな奴。どうせ、昨日のことだって……そうよ！　昨日のことだって、お前がやったんじゃないの。お前が、花音を変にして、それで、自分はなんでもできますみたいな顔して現れて、金取るんだ！　自作自演だ！　インチキだ！」

綾子さんは壊れたように、インチキと繰り返す。

僕だって、ほんの数分前まで、そう思っていた。だから気持ちは分かる。でも、冷静になれば分かるはずなのだ。子供の僕にだって分かることだ。

ここには、変なものがいる。人間ではない、変なもの。それは間違いなく存在して、昨日、花音をおかしくして、僕を襲った。あれは本物だった。自作自演であるはずがない。

ナリキヨさんは何でも分かる。僕の――いや、みんなの、本当のことが。

ナリキヨさんは本物だ。

だから唯一、ナリキヨさんだけがなんとかできる。だから、ナリキヨさんに従うべきだ。ここからは離れるしかない。

「まあ、納得いきませんわな。俺も、息子がおるけん、分かります」

ナリキヨさんの声は静かだった。綾子さんを優しい目で見ているのが分かる。

「でもな、だからこそ、分かるがでしょう。子供が死ぬちことは、すごいことなんよ。大変なことなんよ。なんでアレを『ほとけ』ち呼ぶんか分かりますか。死んだら仏ちゅうことよ。分かりますか。あんだけたくさん、えらいことですわ。えらいことを、ずっと続けてしまったけん、今こうなっちょるがですわ」

「私たちが悪い……悪いから、我慢しろって、そう言いたいのっ？　私は、何もしてないのに！」

「自分のやったことが自分に返ってくるとは限らんのじゃ。忘れた頃に、とんでもないところに返ってきたりするんよ」

綾子さんはその場に崩れ落ちた。体が破裂してしまうんじゃないかと思うくらい、わんわんと泣いている。

「もう時間がない」

ナリキヨさんの声が、また冷たい響きに戻っている。

「今、うじゃうじゃ話しちょる間にも、進んでます。嫌な気持ちも、納得いかん気持ちもあるがでしょう。でも、もうはよう、逃げて下さいとしか言えん」

おじいちゃんがふらふらと立ち上がった。何が悲しいのか、目に涙が浮かんでいる。

鼻詰まりの声で、

「待ってくれ」

「父さん！」

お父さんがおじいちゃんに大きな声で呼びかけても、おじいちゃんは続けた。

「三カ月――いや、二カ月でええ。そうしたら、ここから出て行くから」

「阿呆《あほう》」

「そんな、じゃあ、どれくらいなら」

「今すぐ言うちょるがじゃろ。い、ま、す、ぐ、じゃ」

ナリキヨさんは一音一音、言い聞かせるように言った。

「無理じゃ」

おじいちゃんはそれでも抵抗する。

「ここにはまだ、色々……」

「お父さん、今すぐと仰《おつしや》っているんだから、今すぐ用意を始めた方が良くないですか？」

「お前は何も分かっちょらん！」

おじいちゃんは大きな口を開けて怒鳴る。

「じゃあお前、明日《あした》すぐ東京の家売り払って別のとこに越せ言われたらそうするんか？　できんじゃろ。土地に思い入れがあるんよ」

「宝じゃろ」

　ナリキヨさんは冷たい声で言う。

「宝じゃ。確かに残っちょるき、お前たちみたいなもんは捨てられんよな。何が思い入れかて。ほういうことは分かってしまうんよ。下らないごまかしは利かん、やめてくれん本当に、疲れる」

「あいつは嘘を吐いちょる！」

　おじいちゃんが怒鳴った。

「あんなあ、爺《じい》さん、何が」

　おじいちゃんの大声は、ナリキヨさんの冷静な声を掻き消した。

「聞いたがじゃろ、宝のためち言いよったわ！　おい時雄《ときお》、うちに余裕なんかないんは、一番よう知っちょるよな？」

　怒鳴るような大声で聞かれて、時雄おじさんがおずおずと頷《うなず》いた。

「確かに……うちに余裕なんてもんがあったことはないわ。海外旅行とかも、行ったことがないしな」

「あら、私は釜山《プサン》に行ったわよ」

「それは懸賞で当たったからじゃろ、母さんとお前だけ」

おじいちゃんがばらばらと喋《しゃべ》りだした皆を制した。

「こいつは嘘を吐いちょる。大方、寒梅坂《かんばいざか》にでも吹き込まれたんじゃろ。優斗のことも な、調べたら分かるがじゃろ。こいつは、ペテン師じゃ。信じさせて、金も、土地も奪おうとしちょる」

「とにかく！」

寒梅坂というのは、おじいちゃんの家から一キロくらい離れたところにある坂で、おじいちゃんや、地元の人は、そこにある家に住む人を坂の名前で呼んでいる。どうして人の名前で呼ばないのかと思うけれど、この辺はほとんど全員、僕と同じ「籠生」という苗字《みょうじ》で、区別がつかないからだという。おじいちゃんは昔から、寒梅坂の悪口を言っていた。下品で、貸した金を返さないとか。

「たしかに、てんじの話はお前達の誰にも言ったことはない。でもそれは、言う必要がなかったからよ。誰が好き好んで気色の悪い妖怪《ようかい》の話なんてするんよ。それに、この土地に、助成金なりなんなり使って、都会から人が住んでくれんかちう話も出ちょる。そんなときに、するわけがないがじゃろ」

おじいちゃんの言うことは、筋が通っている、かもしれない。僕にだってそれは分かる。

でも、僕は見てしまった。あの人形劇。多分、宝と言うのは、極楽の門の鍵《かぎ》のことだ。おじいちゃんは、僕たちは、新右衛門の子孫なんだと思う。

極楽の門の鍵がどれくらいいいものなのかは全然分からない。死んだ後のことなんて考えたこともない。でもそれは、僕がまだ十歳だからで、おじいちゃんにとっては違うのかもしれない。

僕は、ナリキヨさんが正しいことを言っていて、図星をつかれたおじいちゃんが言いがかりをつけているようにしか思えなかった。

また、大人たちがざわざわと騒ぎだす。

しばらくして、決意したように頷いて、おじさんが一歩、前に出る。

「ナリキヨさん」

ナリキヨさんは答えなかった。ただ、曜変天目みたいな目をこちらに向けている。

「いったん、帰ってください。わざわざ来てもらって悪いけど……もうちょっとこっちで話し合いますわ。また、そのときにお電話させてもらってえいでしょうか。勿論《もちろん》、今日来てくださった分のお金も」

「いらんわ」

ナリキヨさんはぴしゃりと言った。

「ジジイ、お前、本物の屑《くず》じゃ。いつ言うかいつ言うか思っちょったら、結局言わんかった」

おじいちゃんは目を逸《そ》らす。僕が何を言わなかったの、と聞く前に、

「実際、色々起こっちゅうときに……大の大人が雁首《がんくび》揃えた結果がこれなん。宝ち聞い

て、真っ先に金のことち思うんも当然じゃ。しょうもない連中じゃ。命より大切なもんなんてないが違う。呆《あき》れましたわ。柄にもなく気遣いしたんも無駄、時間も無駄じゃね。もうえい。帰る。助かろうとする気のないもんに付き合う義理はない。どがいなっても俺にはもう関係ない」

ギイ、キュルル、と音がする。車椅子は回転して、ナリキヨさんの背が見える。お父さんが後ろ姿に「待ってください」と声をかけても、車椅子はどんどんと遠ざかる。

五十メートルくらい進んでから、急にぴたりと止まった。戻ってきてくれるのか、と思ったけれど、ナリキヨさんは首を回して、顔だけこちらに向ける。

「おい、ガキ。お前は見たんよね、てんじ」

「あっ、うん……はい……でも、その、なんていうか……」

僕は人形劇のことと、バケモノの姿を思い出す。でも、なんて言っていいか分からない。ナリキヨさんが話してくれたお話と、随分印象が違うからだ。あのバケモノがてんじなら、てんじは子供を攫《さら》って食べる妖怪なんかじゃなくて——

「えい、分かっちょる」

ナリキヨさんは口の前に人差し指を立てた。そして、

「お前には分かるがじゃろ。あれは恐ろしい、理屈の通じんもんじゃて。でも、悪いモンではないて。でもな、悪いモンやなくても、もう無理じゃって分かるがじゃろ。どん

だけ不義理を働いたらこうなるんかは分からんが、もうここはおしまいじゃ。あれは宝を取り返しにきちゅうがやき。お前も、お前の家族も、取られる。その前に、お前だけでも来いや。お前は賢い。お前がどうにかなるんは、寝覚めが悪いわ」

僕の足はふらふらと、ナリキヨさんの方に向かう。大人たちの誰も信じなくても、僕は分かっている。ナリキヨさんは嘘を吐いていない。

「優斗！　子供一人で、何をするつもりか」

おじいちゃんの声が聞こえる。でも、僕は止まらない。おじいちゃんは必死すぎる。何かうしろめたいことがあるに決まっている。

僕は一歩、また一歩と進む。

ナリキヨさんは、抑えた声で、僕にだけ聞こえるように、

「あの話は、ざまな嘘や。本当は、てんじ、ちゅうのは」

十歩くらい進んだ時、後ろから腕を摑《つか》まれた。振り払おうとする。でも、できなかった。

振り返った時、お母さんが泣いていた。

お母さんの顔はぐちゃぐちゃだった。

「優斗、待って」

「お願いだから、待って。おじいちゃんの話も、聞いて」

お母さんは泣きながらそう言う。お母さんが泣いたのは、僕が自転車とぶつかって、

頭を縫ったときだけだ。

すっと心が醒《さ》めた。

どうしてナリキヨさんのことを信じて、家族を無視して、ついて行こうとしてしまったのだろう。

ほんの少し前は皆馬鹿で、頑固だと思っていたけれど、全員、不安そうな顔をしているだけだ。

てんじの話だって、よくある怖い昔話みたいな感じだ。きっと、こうやって、何かの教訓を与えようとしていたんだ。どんな教訓かは分からないけれど。

僕は確かに、怖い体験をした。

ナリキヨさんは嘘を言っているとは思わないけれど、本当のことを言っているかどうかだって、きちんと考えなければ答えは出ない。だって、昔話と人形劇の内容は食い違っている。ナリキヨさんもそれは分かっているみたいだけれど、みたい、なだけで、本当は分かっていないかもしれない。霊能者みたいな人は、人をだますのが得意だ。

人形劇が、ナリキヨさんの手品、そういう可能性だってある。綾子さんが自作自演だって言ったのも、無理はない。怖い目に遭った直後に、それを解決してくれる霊能者が現れるなんて、ご都合主義展開だ。アニメだったら、ネットで叩《たた》かれている。

僕は科学者になりたいし、科学的に、合理的にものごとを判断しようと気をつけている。でも、やっぱり子供で、ちょろくて、騙《だま》されやすいのかもしれない。もしくは、面食い？

ナリキヨさんの方を見る。怖かった。こんな状況でも、まったく目を逸らさない。すごい詐欺師はみんな堂々としていると言ったのは誰だったっけ。

一つだけはっきりしているのは、家族みんなでいるところから、子供だけ連れ去ろうとするのは、悪い人だ。多分、きっと、絶対に。

「来んのか」

ナリキヨさんは短く言った。僕は何も答えられなかった。

「ほうか」

ナリキヨさんは、そう言ったきり、今度こそ無言で、車椅子を漕《こ》いで消えていく。止まることも、振り返ることもなかった。

ギイギイという音が消えていく。


目が覚めたら、外は真っ暗になっていた。僕はまた眠ってしまったみたいだった。

体を起こすと、「まだ寝てていいのよ」と言われたけれど、そんな気にはならない。皆、家の中で一番大きい、ご先祖様の写真が飾ってある部屋に集合している。

何か話さないと落ち着かなくて、僕は聞いてみる。

「あのさ、若い人、多くない？」

去年も、その前の年も、気になっていたことだ。

ふつう、ご先祖様の写真というのは、結局は遺影なわけだから、老人ばかりになるはずだ。

でも、ずらりと掛けられた写真の中には、ちらほらと若い人が交じっている。

「戦争、とか？」

優斗は細かいことに気づくなあ、とお父さんは苦笑した。

「戦争の犠牲者ではないみたいだよ。僕もよく知らないんだけど、結構、早死にの家系っぽいんだよね。だからお父さんはお金かかっても頻繁に人間ドック受けてるし、ジムも通ってるんだけど」

「なんか、そう言われると怖いな」

お父さんはしまった、という顔をする。

「子供に聞かせるような話じゃなかったかも……優斗、賢いからなんか話しちゃうんだよね。ごめんね。とにかく、健康には気をつけましょうという話」

僕は曖昧《あいまい》に頷《うなず》いて、もう一度ご先祖様の写真を見た。

比較的若い人たちの中でも、特に目を引くのは褪《あ》せてはいるがフルカラーの三つ並んだ写真で、たぶん、五十歳くらいの夫婦と、その二十歳くらいの娘、だ。申し訳ないけれど少し気味が悪くて、僕は目線を下げた。

正面には、水墨画みたいなタッチで竹が描かれた掛け軸がある。

神棚が移されて、その掛け軸の上に設置してあった。僕は神棚があったけどあんな目に遭ったわけだから、効き目は疑わしい。でも、そんなことを言える雰囲気ではない。みんな、一応話しているけれど、声も表情も暗い。

あのあと、僕は眠ってしまった。みんなで話し合いする流れだったから、なんとしても聞いていたかったのだけど、落ちてくる瞼《まぶた》に逆らえなかった。

花音は目を覚まさないらしい。綾子さんが病院に戻って側についているけれど、ずっと歌っているそうだ。まわりまわりのこぼとけ。

これを動画にしたらたくさん再生されるかもしれない。

田舎に行って、変なすごろくをやって、怪奇現象が起きて、女の子が入院して、霊能者が出てくる。

でも、やらせだと言われて、炎上するかもしれない。

客観的に見ると、バカバカしい、出来の悪いホラー映画みたいな内容だ。

ホラー映画なら花音が入院したことがオチになるかもしれない。呪いは続いていく、みたいな。でもこれは現実だからそうはならない。

大人たちは、とりあえず、会議をして、来年までに結論を出すことに決めたらしい。

詳しいことは教えてもらえなかったが、そもそもこの家は老朽化しているし、いい機会だから、と。

花音のことは、東京の専門の病院に行って相談する予定だとか。

「田舎だと設備もないからね」

とお母さんは言った。そうかもしれない。また花音と話したいと僕も思っている。

なんでこの部屋に集合しているかというと、おじいちゃんがそうしろと言ったらしい。

僕にとってもそれはありがたいことだった。皆で集まっていると、少し心強い。

突然現れたイケメン霊能者のおかげで有耶無耶《うやむや》になってしまっていたけれど、やはり怖い体験をしたことは事実だ。恐怖感はなかなか消えない。

トイレに行きたくなった時も、お父さんとお母さんがついてきてくれた。

「今日は固まって寝よう」

と誰かが提案した。

誰も反対する人はいない。

みんな、やっぱり怖いのだ。

ナリキヨさんにはインチキとか、そんな感じのことを言ってしまったけれど、実際怪奇現象はあった。僕以外は直接体験したわけではないけれど、花音の様子はみんな知っている。何か、常識では説明のつかないことがあったという感覚は、みんなにあるみたいだった。

「ねえ、お祓《はら》いとか、しないの？」

お父さんにそう聞いてみる。ナリキヨさんでなくても、何かそういうことが必要ではないか、という気がしていたからだ。

「うん、するよ。こんぴらさんのところで、ご祈禱《きとう》をしてもらうんだって」

こんぴらさんには、三回くらい行ったことがある。ものすごい段数の階段があって、僕は全部は登り切れないだろうから、中腹くらいから登るルートから、だけれど。

歴史ある、きちんとした神社。

確かに、あんな感じの、若いイケメン霊能者より信頼できるかもしれない。

「じゃあ、大丈夫だね」

「うん、大丈夫。心配しなくていいよ」

お母さんが僕の手を握って言った。

「ていうか、優斗、本当にびっくりしたんだから。どうして、急にあの人についていこうとしちゃったの？」

「うーん」

僕はちょっと考え込む。うまく言葉にできる気がしない。

「そりゃあ、一番ひどい目に遭ったのは優斗なんだから、そこに分かってる感じの人が来たら、頼っちゃうよなあ」

お父さんの言うことは、当たっている。でも少し間違っている。

「なんかねえ、目が、綺麗《きれい》だったんだよね」

「ええ？　まあ、たしかにイケメンだったよなあ。芸能人やれそうな」

「そうじゃなくて、目がさあ、説得力？　あったんだよね」

「ははは」

ぎょっとする。

襖《ふすま》の向こう――つまり、庭から、大きな笑い声が聞こえた。

お父さんの手が湿っている。お母さんは可哀想なくらい顔が真っ白だ。

ギイ、ギイと音がした。

「な、なに……」

言葉が上手く出ない。顔だけ、ぺちゃくちゃと喋《しゃべ》っている親戚《しんせき》たちに向ける。

最初に目が合ったのは伯父《おじ》さんだった。

「どうした！」

伯父さんの大声で、みんなが会話を止める。

「そ、外……」

ギイ、とまた音が聞こえた。

か細い悲鳴をあげる伯母《おば》さんたちに、伯父さんが「静かに」と厳しく言う。

伯父さんはその勢いのまま、

「何者か！」

と怒鳴った。

「ナニモンて、夕方会《お》うたがやないですか」

伯父さんが襖をそうっと開ける。お父さんは止めようとしていたが、言葉が出てこないみたいだった。

「モノノベナリキヨです」

　ナリキヨさんが立っていた。

　伯父さんは口を開けたまま、じっとナリキヨさんを見ている。

　僕もそうなる気持ちは分かった。

　月の光の下にいるナリキヨさんは、昼間に見たときよりずっと綺麗だった。怖いくらい。

「いや……なんで、ここに」

　しばらく経ってから、伯父さんが小さな声で言った。

「なんで、て。もうあかんからですわ。あなたたちを逃がしちゃうき」

「逃がす……？」

「質問が多いね。すぐそこに来ゆうがですわ。分からん？」

　ギイ、という音が聞こえた。

　何もない、暗闇から聞こえる。

　ナリキヨさんの車椅子の音かと思っていたけれど、それは違う。今、彼は立っている
のだから。

「あれなあ、いま、こっちを見ゆうがですわ。ここにいたら、今度こそ」

「ここを捨てろいうんは無理じゃ！　なんべんも言うたやろ！」

　おじいちゃんが怒鳴った。ナリキヨさんは涼しい顔をして、

「それはもう、納得しましたわ。ほうじゃのうて、いっぺん鎮めるゆうことですよ」

おじいちゃんは考え込むような仕草をする。ナリキヨさんは続けて、

「今夜はいかん。分かるがじゃろ」

ナリキヨさんの指さす方角には、何も見えない。でも、音が。

また、ギイ、と鳴っている。耳が痛くなるような厭《いや》な音だ。

「今は、なんも捨てんでえいがです。ほうじゃのうて、一瞬、鎮める。それならえいがやろ？」

おじいちゃんは頷《うなず》いた。それで、言うとおりにすることになった。

いや、きっとおじいちゃんが頷かなくても、そうしたと思う。ギイギイと、こちらの反応を楽しむように、何度も何度も聞こえたから。

僕たちはナリキヨさんの指示に従うことにした。

「そっちに上がってもえいですか」

ナリキヨさんがそう聞いてきたとき、皆示し合わせたように「どうぞ」と言った。皆の変わりようが少し不思議だったけれど、やっぱり、ギイギイに堪えられなかったのだと思う。

「確かに、ナリキヨさんの目って綺麗だね、涼やかって言うか」

お母さんが小声で言う。ナリキヨさんは、にこにこしながら、畳に腰を下ろして、皆を見ている。ナリキヨさんの目を見る。目が合うと、ナリキヨさんは手を振って来た。

僕も曖昧《あいまい》に振り返す。今は曜変天目みたいな目をしていない。さっきは昼間だったから、日光の加減でそう見えただけかもしれない。だから、そういうことじゃないんだけどな、と呟《つぶや》いた。お母さんが聞き返してきたけど、どうでもいいことだと思うから、なんでもない、と言った。

「大方えいですか」

ナリキヨさんの言葉に頷く。

食べ物のゴミとか、食器とか、荷物とかは、すべて部屋の外に出された。今は座布団が人数分置いてあるだけだ。

「まあるく座ってください」

「まあるく？」

伯父さんが聞き返すと、ナリキヨさんは「まあるく」と繰り返した。

「真ん中に俺が立ちますけん、それを囲むように座ってください」

真っ先に座ったのはお母さんだった。それにつられるように僕もお母さんの隣に座る。それでお父さんが座って、ばらばらとみんなが座って、最後まで嫌そうな顔をしていたおじいちゃんも座った。

「皆さん、座りましたね」

ナリキヨさんが満足そうに言うと、おじいちゃんがすかさず舌打ちをする。

「言うとおりにしちょるけん、はようなんとかしいや」

「焦りなさんなや。今から皆さんには、子供の遊びをしてもらいます」

みんな、戸惑ったような声をあげる。ナリキヨさんはそれを気にすることはないようだった。

「回り回りの小仏」

心臓がばくばく鳴った。

どうしても思い出してしまう。ぞろぞろと何かが出て来て、それで、歌っていた。

まわりまわりのこぼとけは
なぜにせがひくい
おやのたいやにととくって
それでせがひくい
花音も歌っていた。

思い出したくない。

呼吸が上手くできなくて、ひゅうひゅうと音が鳴る。

「何言ってるんですかっ、できるわけないでしょ！」

お母さんが大きな声を出した。

お母さんは僕の手をぎゅっと握っている。少し、震えていた。

「この子が——この子たちが、どんな目に遭ったか、知らないんですか？　なんでも知ってる風な顔して」

「知っちょりますよ」

「じゃあ、余計悪いわ。あんな怖い思いして、また、こんな歌。あなた、人の気持ちが」

「ほんでも、やらないといかんですよ」

ナリキヨさんはお母さんの顔をじっと見つめる。獲物を見付けた蛇みたいだった。お母さんは何か言おうとしている。でも、こんなふうに見られたら、誰だって何も言えない。

「子供さんの供養ですわ」

なんでもないことのようにナリキヨさんは言った。

「どういて、アレが回り回りの小仏ー、ち、歌うと思います？」

誰も答えない。

ナリキヨさんは溜息《ためいき》を吐いて、

「楽しいからですわ」

と言った。

「早くに死んでしまって、親もおらんでな、寂しいて寂しいて、たまらんろう。誰かと遊びたいんよ。遊ぶんは、楽しい。それは分かるがでしょう」

お母さんは「でも」と言ったきり、その後は黙ってしまった。

「僕、やってもいい……」

僕は勇気を出して言った。

おじいちゃんが、なんだかすごい顔でこっちを見ていた。

「僕、やるよ。だって、そしたら……てんじに食べられた子たちは、鎮まってくれるんでしょ？　こういうの、供養、って言うんだよね」

おじいちゃんはもごもごと言っていた。もごもごを遮るように、僕はもう一度「やるよ」と言った。

「将来が楽しみじゃね」

ははは、とナリキヨさんは笑う。白い歯がぴしりと生えそろっていて、人形みたいだった。

「ほいじゃ、始めましょう。歌は全部覚えてますか？」

みんな、ばらばらと「覚えてます」と言った。僕も頷く。

ナリキヨさんはそれを見て、すっと立ち上がった。

「最初は俺が鬼ですわ。皆さんが歌って、俺が一周回り終わったら、俺が『線香　抹香　花まっこう　樒《しきみ》の花でおさまった』ち言いますけん、最後の『た』の人は立ち上がってください。立ち上がった人は、それでおしまいですから、帰ることになります」

ナリキヨさんの言ったのは、僕の知っている遊びと少し違う。

そう思ったのは僕だけではないみたいで、お父さんが、

「え、でも、少し違うんじゃ……」

と小声で言った。

「ああ、違いますね」

ナリキヨさんはそれを聞き逃さず、笑顔で答える。

「でも、違うからなんなんです？　言うたがでしょ。子供さんの供養じゃ。普通に遊ぶだけではいかんのんですわ」

お父さんは明らかに納得がいっていない表情のまま、

「ああ、そうですか……はい……僕には分かりませんからね、はい、専門家さんの意見に……従うということで……」

もごもごとそう言った後、少し下を向く。

隣に座っていた伯母《おば》さんが、「あんた、余計なこと言って止めないでよ、早いとここんな不気味なこと終わらせたいんだから」と言った。僕も同意見だ。

本来の回り回りの小仏では、一周回った後、鬼が目隠しをして、そこから線香抹香花まっこう樒の花でおさまった、つまり二十六指さして数えて、最後に指をさされた人が次の鬼になる。今回は、すべてナリキヨさんの匙加減《さじかげん》、みたいなことになるのではないかと思う。

「あの、伺ってもよろしいでしょうか」

次に口を開いたのは、伯母さんの娘さんの美琴《みこと》さんだった。「若いグループ」として一緒くたに扱われることも多いけれど、彼女は二十代なので交流がほとんどない。

声が細くて、体が弱そうだな、と思った。

「はい、なんです？」

ナリキヨさんに見つめられて、美琴さんの青白い肌に赤みがさす。やっぱり、ナリキヨさんはかっこいいんだと思う。

「え、えっと……座る順番……席順、どうしたらいいのかなって」

「ああ、ほんなことですか」

ナリキヨさんはおじいちゃんを指さした。

「あんたが決めたらえいがやないろう」

「何を急に」

「あんたが一番偉いろう。ほじゃけん、あんたが決めたらえいがやないね」

おじいちゃんはうんとかああとか、やっぱりもごもご言う。そして、悩んでから、

「優斗」と僕を呼んだ。

「え、何？」

「お前、その、スマホの、なんか、あるんやないか、順番を……」

「ああ、うん、分かった、あるよ」

たしか、かなり前に席替えアプリの話をしたことがある。担任の先生はそれで席替えをした、みたいな話を。たしかに、席替えアプリは、円を作った時の席替えにも対応している。

「じゃあ、これで、順番決めたら、いいかな」

おじいちゃんは頷《うなず》いた。

僕はスマホを取り出して、名前をナリキヨさんを引いた十八人分入れていく。すぐにランダムな配置が出て来て、みんなそれに従って場所を移動する。

僕はおじいちゃんとおじいちゃんの兄弟の奥さんに挟まれた場所だった。

立ち上がって移動しようとしたとき、ナリキヨさんに「こっちにこい」とでもいうような仕草をされる。僕が近寄って行くと、ナリキヨさんは僕の右手を指さした。

「それはいかん。外に置きんさい」

「え？」

「それ。持ってるもん。外に置いてきんさい」

「あ……はい……」

「皆さんもえいですか？　こういうもんを持っちょる人がおったら、外に置いてきてください。子供さんの供養じゃ」

ナリキヨさんは笑顔のままだけれど、やっぱり目は笑っていない。怖い。

言われたとおりに、スマホを外に置く。確かに、法事とかで、みんなスマートフォンの電源を切るもんな、となんとなく納得する。僕以外にも持っていた人はいたみたいで、みんな外に出してある鞄《かばん》にスマホを入れている。

ようやくみんなが決められた位置に座ると、中央に座ったナリキヨさんがふう、と溜息を吐いた。

「時間がかかりましたね。さっさと始めましょう」

おじいちゃんが最後の抵抗のように、小さな声でうぅん、と言った。

ナリキヨさんは完全に無視して、すっと立ち上がった。

「まわりまわりのこぼとけはあ、なぁぜにせがひくい」

ナリキヨさんがくるくると回っている。見た目は似ても似つかないけれど、あの人形を思い出してぞっとする。それでも僕は我慢して、小声で歌った。みんな、おずおずとナリキヨさんの歌声に合わせている。

「おやのたいやにととくうて、そぉれでせがひくい」

ナリキヨさんの動きがぴたりと止まる。

「線香　抹香　花まっこう　樒の花でおさまった」

た、になったのは美琴さんだった。

ナリキヨさんに指さされた美琴さんは、照れ臭そうに立ち上がる。

ナリキヨさんが美琴さんの肩に手を置いた、ように見えた。

一瞬のことだったのだ。

美琴さんが消えた。

「えっ」

素《す》っ頓狂《とんきょう》な声をあげたのはお母さんだった。

「ほいじゃ、次ですね」

呆気《あっけ》に取られて何も言えていない人がほとんどだ。

「まわりまわりのこぼとけはあ、なぁぜにせがひくい」

お母さんだけが、壊れた機械のようにえっえっえっとずっと言っている。

「おやのたいやにととくうて、そぉれでせがひくい」

ナリキヨさんが歌い終わった。

「線香　抹香　花まっこう　樒の花でおさまった」

指をさされたのはおばあちゃんだった。

ナリキヨさんがおばあちゃんの肩に手を置く。

「いやっ」

おばあちゃんの悲鳴が途切れた。消えてしまった。

「お前何をっ」

おじいちゃんの声だった。そうだ。おじいちゃんなら、きっと、殴りかかって、今すぐにでもこれを——

シー、とナリキヨさんが言う。唇の前に人差し指を立てている。

「うるさいなあ、次に行きますよ」

ナリキヨさんがくるくると回る。

もう誰も一緒に歌っている人はいない。

悲鳴をあげている。でも、それだけだ。

僕の体は、縫い付けられたみたいに動かない。きっと、みんなも。

ナリキヨさんが歌い終わって、指で数える。

肩に手を置く。

それは死刑宣告だった。

どんなに泣き喚《わめ》いても、一瞬で闇に呑《の》まれていく。

なんでか分からない。

いつの間にか部屋は真っ暗だった。

どうして、どうして、どうして。そればっかりが浮かぶ。

伯父《おじ》さんも、伯母さんも、おじいちゃんも、消えていく。

お母さんが消えたとき、やめろと大声で怒鳴った。でも、何もできない。涙と鼻水がどくどく流れて、でも、歌は止まらない。

神様、神様、神様、と唱えている誰かの声も聞こえなくなった。

それで、本当に、二人きりになってしまった。

「次」

「待ってよ」

ナリキヨさんの言葉を遮る。僕の声が響く。

「なんじゃあ」

ナリキヨさんの気配がした。顔を近づけられているかもしれない。でも、何も見えない。

「き、消えた、消えた人、どこに行くの！　どこに！」

「おしまいやから、帰ったよぉ」

　ナリキヨさんはそう答えた。

「帰ったってどこに、どこに消したの」

「おしまいやからねえ」

　目が暗闇に慣れない。

「こんなのおかしい、おかしいよっ、科学的にありえない、何か仕掛けがあるんだ、絶対、手品で、嘘だ、騙《だま》してるんだ」

「科学的ゆう話をするんなら、分からんことがあったら全否定やなくて、一旦《いったん》置いておいて検討するんが科学的態度ってもんやない」

　ナリキヨさんの声は怒っても笑ってもいない。天気の話をするみたいに、さらりと話している。

「で、でも、でも」

　暗い。何も見えない。

　でも、誰もいないことは分かる。消えてしまった。

「な、なり、きよさん」

「科学的に考えて、科学的に考えて、科学的に考えて、なりきよさんだと思うん？」

　肩に手を置かれる。

僕の番が来たようだ。

外れ仏

「ここの土地は猿神信仰があるらしいね」

斎藤《さいとう》先生はいつにも増して楽しそうだった。

この、斎藤晴彦《はるひこ》先生は、僕が所属する民俗学ゼミの教授である。心霊現象や呪いの道具なんかが大好きで、世間一般の人が持つ偏見である民俗学＝怖いものを調べるお勉強、みたいな印象も、彼に限っては間違いではないのではないのかと思わされる。もう六十歳をとっくに超えているのに肌がつやつやとしていて、四十歳くらいにしか見えない。社交性も高く、オカルト番組となると必ず出演しているくらいなので、世間でも割と知られた有名人だ。

斎藤先生のゼミは人気で、いつも抽選になる。理由としては、先生が年に数回、ゼミ生や院生を連れて、小旅行に連れて行ってくれるからだ。先生は出先でフィールドワークをするが、学生はそれに同行しても、しなくてもいい。先生について行くと面白いものが見られるから、同行しない人間はほとんどいないが、とりあえず、完全に無料で旅行ができるというわけだ。

「ほうですね。確かに猿に似ちょる。ほういう神様への信仰はある。あった、ちうんが正しいけんど」

訛《なま》りの強い言葉を話す車椅子の男性。それだけで個性の塊と言っていいが、彼はその上顔が俳優のように整っている。物部斉清。職業は拝み屋だと言う。

ここに来る前、僕は斎藤先生から、事前に彼のことを説明された。

「拝み屋っていうと……」

「あ、偏見はダメだよ」

斎藤先生は僕の言うことを予測して先回りしてきた。確かに、僕は拝み屋というのは二種類しかいないと思っている。一つは、伝統文化として民間信仰を受け継いでいる存在。もう一つは、霊感商法のインチキ野郎だ。つまり、どちらにせよ、フィクションのように本当に魔物を祓《はら》ったりする存在ではない。だが、物部斉清はそのどちらでもないという。

「斉清くんは本物だよ。どうしてそう思うか、なんでそう思うかというのは、残念ながら僕は見える人ではないから分からないかも。でも、彼を見れば分かると思うよ」

斎藤先生はオカルト方面のものは大好きだが、霊感があるわけではないらしい。不思議な体験をしたことは何度かあるようだが、そのような事柄にも基本的には現実的な考え方でアプローチしている。

「意外かもしれないけど、僕も頼金《よりがね》くんと同じように、怪奇現象については結構懐疑的なスタンスだから」

「まあ、それは分かりますけど……じゃあ、どうして斉清さん？　は本物だと思うんですか？　もしかして、怪奇現象に悩まされて、お祓いしてもらって治ったとか」

「違うよ。僕はそういった体験をしたことはあるけど、日常生活に支障を来すほど悩んだことはないし、斉清くんにそういう方面の解決をしてもらったこともない。まず、彼がやっていることって、本来の彼の流派とはズレているから」

「ズレてる？」

斎藤先生は頷《うなず》いた。

「まあ、彼の流派は本来陰陽道《おんみょうどう》の流れを汲《く》む民間信仰だ。独特の祭礼と術式で――ってちょっと長くなっちゃうからアレだけど、とにかく、他の民間信仰と同様、体系的に伝承されている文化だ。斉清くんは、その正統な後継者なわけだけど……彼はね、そういうことは一つもしないいんだ。本人はできないって言ってるけど……そうじゃなくて、必要がないいんだよね」

「必要がないって？　だって、伝統が」

「一応、道具とか、祝詞《のりと》とかは使ってるんだけどね、あれは現人神《あらひとがみ》だよ」

「はあ？」

思わずかなり失礼な聞き返し方をしてしまう。

斎藤先生はいつも、らんらんと目が輝いていて、とても楽しそうだが、今は少し違う。

彼の目は学術的興味を超えて、なんだか宗教的危うさを孕《はら》んでいる。陳腐な言葉で言えば、カルト宗教にハマった人みたいな顔だ。

「現人神って……」

「大君は神にしませせば天雲の雷《いかずち》の上に廬《いお》りせるかも……日本では古来天皇を人であって神でもある、そう扱っていた。外国でも……いや、詳しく話すと王権神授説なんてものを話さなきゃいけなくなる。でも、頼金くんはそういうことが言いたいんじゃないだろう？　分かるよ。カルトっぽくてキモい、と言いたいんだろう」

「そこまでは思わないですけど……」

「現人神とか言っちゃったけど、イエスという存在に近いかもね。神が人間に与えた我が子であり救い。まあ、全然霊感がなくても、信仰に値する人間だよ彼は」

斎藤先生の口からイエス、という名前が出てきて驚く。正直な話、そんな譬《たと》えを出すなんて、ますますカルトっぽさが高まっていると思う。

僕は懐疑的な気持ちのまま、

「見えていないのに信じるんですか？」

「見えていないのに見えるような気がするんだよ。会ってみたら分かるよ」

斎藤先生は会ってみたら分かる、見れば分かると言うばかりだった。

実際、こうして対峙《たいじ》してみると、たしかに雰囲気はある。

顔立ちが整っているというだけで迫力があると感じてしまっているのも否めないので、

まだ「分かる」には到達していないが。

そして、見た目よりも「神がかっている」と感じるのは、その車椅子捌《さば》きだった。電動でもない、普通の車椅子だ。テーマパークで足の不自由な人に貸し出しているような、簡素なものに見える。

それなのに、彼は僕が転びそうになりながら進む山道を、すいすいと進んだ。

一体、どれくらい――

「こうなったのは十八のときですから、車椅子歴は七年」

「ひえっ」

思わず声が出る。彼は、僕が「一体どれくらい乗ったらこんなふうに移動できるのか」と思った瞬間、答えを言った。一気に目の前の青年のことが恐ろしくなる。

僕は『サトラレ』という漫画を思い出した。異常な知力と引き換えなのか、自分の思考が外部に漏れ出てしまう「サトラレ」という存在を扱った、オムニバスストーリーだ。僕は、そういう存在なのだろうか。そんなわけはない。そもそも、あれはフィクションだから、たまたまだ、たまたま。僕は周囲から分かりやすい、と言われる。嘘を吐いてもすぐにバレる。

物部は、ふ、と笑い声を漏らす。

「先生、この子にどこまで話しちょるがですか」

「この子じゃなくて頼金くんね。斉清くんがすごい人だっていうのは話したよ」

「ほうじゃのうて、今向かっちょる場所の話……は、あんまりしてないようですね」

僕はそこで口を挟んだ。

「あの、猿神信仰の話は一通り」

物部が首を斜めに傾けると、目が合う。なんだか、続けろと言われている気分になって、

「猿神信仰は、日吉《ひよし》大社と密接なかかわりがあります。日吉大社の祭神、大山咋神《オオヤマクイノカミ》は、山王権現《さんのう》とも称されていて、山王とは、山の神のことです。そのイメージからか、あるいは、大山咋神が比叡山《ひえいざん》の地主神であり、比叡山には猿が棲息《せいそく》するからか、自然と、猿は神のお使いである、という考え方が」

「へえ、ほうなんや」

物部は感心したようにそう言って、また首を元の位置に戻した。

「えっ……」

「斉清くん、そういうのあんまり興味ないんだよね」

「いんや、興味はありますよ。難しうて、すぐ忘れてしまうだけ」

学がないき、と呟《つぶや》いてから物部は、

「まあ、聞かされてはおらん、ちゅうことじゃね。えいえい。行ったら分かることじゃ」

ガサガサと、道の脇の竹林から音が聞こえた。

その途端、

「止まって」

物部が鋭い口調で言う。急に足を止めたのでよろけてしまい、足を踏ん張って転倒を防いだ。

何事かと物部の方を見ると、なんと、タバコを咥《くわ》え、火を点《つ》けようとしていた。

「ちょっ、まっ、ここ山の中!」

「いいんだよ」

斎藤先生は僕の出しかけた腕をつかみ、やんわりと元の位置に戻してくる。

「でも、斎藤先生、山の中は……」

僕は最後まで言えず、ゴホゴホと噎《む》せた。妙に甘ったるい煙が、鼻から入ってきたのだ。

「山の中は禁煙、確かにほうじゃ。でもさ、頼金くん、命と、ルールは、どっちが大事かね」

物部はそう言ってから胸郭が持ち上がるほど煙を吸い込み、大きく吐き出した。煙が盛大に顔面に掛かり、僕はまた噎せる。

「専門家に従おう」

斎藤先生までそんなことを言うので、僕は黙るしかない。そもそも、煙で噎せて何も言えないが——ここでは、常識とかを語ってはいけないのかもしれない。

「はあ、やっぱりまだ許してはくれんみたいじゃねえ。仕方がないけんどねえ」

「許す……？」

「ううん、また後でな」

体感で十分ほど待ってから、物部が「もうえいがです」と言い、それに従って僕たちはまた進みはじめた。

それから、二十分くらい経ったところで、急に視界が開ける場所があった。

それで、今僕たちは、小高い場所にいるのだということが分かる。目線を下げると、少しきつい坂道になっており、ここを下るとぽつぽつと民家があるように見える。

「ちょうどここですわ」

車椅子の軋《きし》む音が止まった。

「ここって……」

「ほうじゃ」

僕は、この場所には見覚えがあった。

来たことがあるわけではない。

ほんの数ヵ月前に、ニュースで何度も映された場所だ。

「鳴宿町集団失踪《しっそう》事件……」

この事件は、ある家族の、総勢十八名が、行方不明になった事件だ。一家が失踪する当日に入院した中学生の女子と、その母親だけ、無事だった。一家が失踪したことに気づいたのも、その母親だったという。

都会で暮らしている者たちも一堂に会して数日間一緒に過ごす予定だったようだ。集まっていた一家の長老である籠生一郎《いちろう》氏の自宅は、十八人の過ごした痕跡《こんせき》がそのまま残っていた。自宅を取り囲む石の塀が一部壊されていたが、これは無事だった母親が運転を誤って突っ込んでしまったもので、事件とは関係がない、と報道されていた。

一家失踪事件自体は過去にもあったが、十八人という大人数なこと、また、山間《やまあい》の集落で、このあたり一帯に住む人々の苗字《みょうじ》がすべて「籠生」であることなどで「因習村ホラー」などとネットで話題になっていた。僕としては、大人数の集団失踪事件というと、大西洋で無人のまま漂流していたメアリー・セレスト号を思い出す。一八七二年に起こった事件で、海賊に襲われた痕跡もなく、乗組員だけが消えていた。未《いま》だ解明されていない、奇怪な事件だ。

鳴宿町集団失踪事件。これは船の上の出来事ではない。

鳴宿町は愛媛県だが、高知県との県境にある。

物部と入った山は、高知の山だったが、鳴宿町に繋《つな》がっていたとは思いもしなかった。

ふと、思いついたことを口にする。

「愛媛側から入ればすぐだったんじゃ」

「車道が立ち入り禁止になっちょって、入れんがでしょう」

「そ、それもそうか」

確かに、あんな事件があった場所だ。遠目に見える家屋の玄関に、黄色いテープが巻かれているのが目に入る。ニュースなどで見るバリケードテープだ。人の気配もない。

物部の言うとおり、あの場所に近づくのは無理だったかもしれない。

「馬鹿なこと言っちゃってすみません」

「いんや、こっちこそ、えらい疲れたろう。長いこと歩かせてしまって」

斎藤先生が、頼金君は水泳やってるから大丈夫だよ、と呑気《のんき》な声で口を挟んだ。

「頼金君、ここで起こった事件のことは知っちょるんよね。ほいじゃ、ここの伝説も？」

「あっはい、その、てんじ、という猿に似たバケモノの話は結構ありましたね」

鳴宿町には、「てんじ」と呼ばれるバケモノの伝説がたくさん残っている。色々な逸話があるが、共通しているのは猿に似ていること、そして、時折人里に降りて来て子供を攫《さら》うことだ。

「猿神には、さっき話した日吉大社のものともう一つ、妖怪《ようかい》としての姿があります。今昔《こんじゃく》物語集や宇治拾遺《うじしゅうい》物語にも妖怪として猿神は登場します。そこから全国に広まったんだと思います。ほとんどの場合、猿神は人間の女を生贄《いけにえ》として求め、それを犬だったり、漁師だったり、僧侶《そうりょ》だったりが倒す、というストーリーです。だから、てんじもそういった妖怪としての猿神の一種なのかなと思いました。子供を攫うというのが少し違いますが」

「でも、他のモンと全然違う話があったがじゃろ」

物部の言葉に、僕は頷《うなず》いた。

「はい。極楽の鍵《かぎ》、というものです。これは、公的な文献からではなく、地元の文化や習俗を纏《まと》めた本を編纂《へんさん》している自治会の方から聞きました。自治会の方は、鳴宿町にずっと住んでいる方々ではないんですが——てんじは神の使いで、極楽の門の鍵を持っている。てんじに大切なものを捧《ささ》げると、その鍵を借りることができる、と」

「はあ、意外と正確に伝わっちょるもんじゃなあ」

物部は感心したように溜息《ためいき》を吐いてから、僕に尋ねる。

「てんじ以外にも、変な話があったがじゃろ——というか、てんじは妖怪で、もいっこは本物の信仰、そういうふうな話じゃと思う」

僕は頷く。物部の言うとおりだった。

「仏、ですね」

「おう、ほうじゃ」

物部は聞き上手、というやつなのだろうか。相槌《あいづち》を打つタイミングが絶妙で、なんだか、ついつい一方的に話し過ぎてしまう。

「てんじはあくまでバケモノで、仏は、拝まれています。鳴宿町の住人は、なぜか戦前〜戦中あたりから、急に『ほとけ』なるものを拝みはじめます。調べてみたら、仏と言っても仏像ではなく、小さな石像だそうで。ますます不思議なのは、恐らく同一のものなのに、呼び名が違っていることですね。『泣き仏』『頷き仏』『笑い仏』そんな感じで、しかも、設置してある場所もはっきりしない。航空写真で確認してみてもなかったので、もう壊されてしまったのかもしれないのですが、とにかく、このポッと出の信仰？が僕にはすごく不自然に感じられたので、もっと調べてみようかと」

「その話さあ、結構知られちょるがですか。例えば、インターネットとかに書き込まれてたりするがですか」

僕は首を横に振る。

「いいえ。インターネットには、もっとこう、閉鎖的な村での殺し合いみたいな、低俗な感じの妄想しか書いてないので。僕は気になったので、自治会の方と、郷土資料の研究をしている先生から教えていただきました。斎藤先生にご紹介いただだいて」

「立派じゃねえ」

物部は手を胸の前に持って行って、ぱたぱたと動かす。拍手をしているつもりなのかもしれない。

「頼金君、勉強熱心なんだよ」

「ほうですね。ここも、頼金君みたいな人ばっかりじゃったら、こがいなことにはならんかったと思います」

褒められて悪い気はしない。しかし、こがいなことにはならんかった《こんなことにはならなかった》、とはどういうことだろうか。

「君の調べたことは全部合《お》うちょりますね。でもなあ、ほとけとてんじは、結局一つのことなんよねえ」

「一つ？　それは、ほとけとてんじは同じもの、ということ？」

斎藤先生が身を乗り出してそう言う。目がきらきらと輝いていた。

「同じもの、ゆうか、下手こいた結果というか。頼金君、さっき、ポッと出の信仰ち言うちょったがですよね。そのとおりですわ。ほとけはね、なんも分からんもんが、テキトウに考えついたもんですわ」

それからしばらく、物部は、ここであったことを話した。

てんじは、僕が聞いたとおり、神の使いであり、極楽の門の鍵を持っているらしい。てんじに鍵を借りるためには三つの門をくぐる必要がある。そして、門の前に人体の一部を捧げなくてはならない。最初は指、次に舌、最後に目。

「なるほど、イシュタルの冥界《めいかい》下りか。女神イシュタルは息子であり夫でもあるタンムズを蘇《よみがえ》らせるために冥府《めいふ》に赴く。彼女は冥府の深淵《しんえん》に向かう七つの門を潜るたび、自らの装飾品を一つずつ置いていくんだ、最初は王冠、次に耳飾り、その次に首飾り」

「ああ、海外にも似た話があるんじゃね。まあ、要はふさわしい格好にされるんじゃと思う。人間がてんじに会うためには、指も舌も目ェもいらんちゅうことなんかも。想像じゃけどね」

斎藤先生の話を途中で遮って、物部は続ける。

そしててんじに会えたとき、一番大切な者と引き換えに、極楽の門の鍵を得ることができる。

宗教観の問題なのか、ここの地域では、生きている間よりも、死んだ後の方がずっと長いと思われていたらしい。永遠にも思える時間をどう幸福に過ごすか。そう考えた時に、確実に極楽に行ける、というのは大変に魅力的なことだったのではないか。

ほとんどの人間にとって一番大切な者とは子供だった。だからこそ、やる人間は少なかった。それでも数人子供を捧げた者がおり、彼らは幸せな顔で亡くなっていったのだという。

しかし、徐々に土地に入ってくる者が増え、そのうち、この風習は有耶無耶《うやむや》になり、正しいことを知っている人間も少なくなった。そして、知っている者も、あまり話したがらなかった。自分の最も大切な者を犠牲にしてまで、自分の死後の幸福を欲したというのは、どの時代においても体裁が悪かったに決まっている。

「それでな、てんじの話はむちゃくちゃになった。よりにもよって残ったのが、生贄の風習じゃ」

子供を捧げるとご利益がある、ということだけが残ってしまったらしい。それで、合点がいく。てんじが「子供を攫う」というのは、つまり、

「ほうじゃ。自分たちが自ら捧げたんよ」

物部が僕の考えていることを読み取ったことも、何故か恐ろしいとは思わなくなっていた。それよりも、もっと続きが知りたい。

しかし、まったく手順が違うので、てんじ自体もおかしくなっていったのだ、と物部

は言う。

「でも、それってなんか、不思議ですね。だって、てんじ自体は条件をクリアしたらご利益をあげる機械というか、システムというか、そういう存在だったたんですよね。だったら、手順が違うんだったたら、ご利益はなし！　で終わりじゃないんですかね」

「頼金君は、人間が先と思う？　神様が先と思う？」

急に聞かれて僕は戸惑う。

「ううん、そりゃ、人間が先だとは思いますよ。神様を作ったというか、この神様は、こうこうこういう神様です、と定義づけるのは人間ですし——何か説明のつかない現象を、どう解釈するか。その解釈が、神、というか超常的なもの、ということになることもあると思いますから、現象自体を否定するわけではありませんけど」

「はあ、賢い。俺には、半分も分からんけど、なんとなく合《お》うちょると思います。人間が先じゃき、人間の考えたとおりに、歪《ゆが》んでしまうんよ」

合っている、と言われたが、まったく合っていない。僕と物部の言っていることは真逆でさえある。

物部は、人間の解釈が、現象に影響を及ぼすと言っているのだ。

それは違う、と言おうとしても、物部は話しつづける。

「てんじは人間の子供を食うバケモノになった。それは、この土地のモンが、そう扱ったからじゃ。それだけやのうて、段々、何でも悪いことはてんじのせいにするようになった。昔は誰でも必死じゃったけ、盗みも、殺しも、強姦も今よりは多くあった。それはぜーんぶ、てんじがやったことになりました。これでは、死んだ人間も納得はいかんわなあ。おしかり……そちらさんの分かりやすいように言えば、怨念《おんねん》、やね。怨念が溜《た》まる。ここいらの人間はご利益が何かも分からんで、困ったら子供を差し出すようになってしまったけん、そら、もっとも一っと、ごろごろ溜まっていきますわ。当然、祟《たた》りが起こります」

物部は掌《てのひら》を開き、こちらに見せる。達磨《だるま》みたいな形の丸まった布があった。

「そこでな、津守さんの登場じゃ。あ、津守さん、知ってます?」

「津守さんは斉清君と同じ流派の拝み屋さんの一族だよ」

斎藤先生がすかさず補足する。物部は軽く頷《うなず》いて、

「なんも分からんのは津守さんも同じじゃった。とりあえず、悪いことが起こらんように、言うて、ほとけを作った」

「ええと、つまり、ほとけというのは」

「頼金君は本当に賢い人じゃね。そのとおり。津守さんは本当になんも分かっておらんかったから、悪いことが起こったんは、土地神を怒らせたから、って考えたんよ。それで、てんじが子供を攫《さら》うんも、まさか土地の人間が進んで生贄《いけにえ》を捧《ささ》げているなんて夢にも思わんで、土地神が怒ったけん、神のお使いであるてんじが罰として子供攫ってく、ち考えたみたいじゃ。土地の人間もカスじゃから、生贄捧げたんはウチらです、とは言

わんかった。津守さんは、ほとけを、土地神の器として作った。ほんで、誠心誠意、お祈りして、拝んで、そうすればどうにかなるち考えたようじゃわ」

「そんなの、うまくいくわけない」

「そのとおり。どうなったかというと、ほとけの中には、食われた子ぉや、ここに恨み持ってわだかまっちょる魂が入りました。でもね、偶然いうか、一応、供養にはなったみたいなんよ。土地神として大事に拝んでいるというのと、犠牲者の冥福《めいふく》を祈っているというのの、違いは大きいけど、とりあえず、目立ってひどいことは起こらなくなった」

「じゃあ、まあ、結果オーライ的な」

「そうはならんかったんよ。もう、勘違いは重なるもんじゃ。津守さんの中に、ハンパに目のえい人がおって、どうもほとけの中には神なんかおらんらしいって見えてしまったみたいなんよ。ほんで、不吉なもんじゃから、壊してしまおうみたいなことになって、壊れた。その頃にはもう、時代が変わって、新しい生贄は捧げられなくなったけんど、だから何じゃっちゅう話でしょ。ほとけに留《とど》まっとった魂は外に出て、てんじも相変わらずの状態でな、なんて言うたらえいがじゃろ……完全に呪われた土地、になってしもた。なあ。歪みきってると思いません？」

「はい……」

確かに、当初の話とはまったくズレてきてしまっている。てんじはそもそも神ではないのに荒ぶる神のようになり、死んだ人々の怨念は神の祟りとされ、おまけに本当のことを知っているだろう住人は嘘しかついていない。そしてほとけがなくなったことにより、すべての悪いものは解き放たれた。

「もうこうなってしまったら、誰が何をしても無駄ですわ。手遅れ。手遅れになってから俺が呼ばれた。一目瞭然《いちもくりようぜん》じゃった。ここ、もうどうしようもない。せいぜいできることは、人間の魂を宥《なだ》めて、てんじにお願いをして、元に戻ってくれるまで、押しとどめておく、くらいでしたね。だから、住んでるモンには全員、出て行ってもらう必要があった」

「あの……籠生家のことなんですよね、この話」

「ほうですよ」

「それじゃあ、物部さんは、籠生家の人たちをどこかに避難させていて、失踪《じつそう》したと思われているけど、実はどこかに」

「違う」

きっぱりとした声で物部は、僕の言葉を遮った。

「助かる気がなかった。あいつら、拘《こだわ》りよった。極楽の門の、鍵《かぎ》に。それがあるけん、ここを離れられんち言うちょった」

「え、その設定、いや、その極楽の門の鍵って、物体としてあるんですか?」

「さあ、分からん。でも、俺にはもう、てんじが見えちょったからな。てんじが、何かを、籠生のモンから取り返そうとしてたっちゅうのは分かったわ。ほじゃけ、全部捨てて逃げろち言うたのに、なあ」

物部は言葉を切って、深く溜息《ためいき》を吐いた。

僕は何を言っていいか分からず、助けを求めて斎藤先生の顔を窺《うかが》った。先生は、物部と同じように、押し黙っている。

先生はこういうオカルトの話を全面的に否定はしないものの、間違ったことや、気になったことには逐一口を挟んでいく。しかし、今回は物部の話には一切何も言わなかった。

つまり、先生はこの話を、完全に事実だと認めていることになる。

物部の迫真の語りで、聞きごたえはある。

時代を経るごとに変性してしまった信仰、そういう話はどこにでもあるが、だからと言って信憑性《しんぴょうせい》があるとは言えない。物部は何もかも見てきたかのように話すが、すべて想像であり、内容だってファンタジーのようだ。

「信じなくても構わんよ」

物部がまた、僕の考えを読んで言う。これだ。これがあるから、こんな話を信じてしまいそうになる。

「信じなくても構わん。実際、俺はなんもできんかった。できんかったというのは、なんもなかったんと同じじゃ。結局、全員消えた。どこにおるかは分からんけど、ラクに死なせてもらえたとも思えん。こんなんなってしまっては、全部俺の妄想でなんもなかったのと、変わらん」

「そんなこと」

かけるべき言葉も見つからず、僕の声は途中で消えた。

物部は特に気にする様子もなく、ごそごそと、車椅子の下部にある物入れから何かを取り出した。

「まあ、でも、できることは残っておるんですわ。頼金君、てんじのこと、どう思います？」

「えっ、あっ、ええと……恐ろしいかな、と」

「俺はな、可哀想じゃと思う」

物部は取り出したものを地面に置いた。

長い杭《くい》のようなものだった。それを強く押して、土の上に立てている。

「神のお使いが、悪さばっかりしよる猿のバケモン扱いじゃ。そうしたくなくても、そうしてしまう。人間が、望んどるき」

物部が両手の指を合わせ、何かを唱えた。

僕は少しの間、その様子にぼうっと見惚《みと》れてしまった。目の色が、青、黄、黒、何色も重なった複雑な色に輝いて、美しかった。

斎藤先生はこれを言っていたのかもしれない。

見れば分かる。

まだ、完全には信じられない。この時代に、神だの妖怪《ようかい》だの、そんなもののせいにするのは、まったく合理的ではない。けれど、なんとなく、心の深い所で、感じ取る神聖さが、物部にはあった。

しばらくして、物部は両手をぱっと開いた。

そして、深く溜息を吐く。

「何をしたんですか」

そう尋ねると、彼は少しだけ笑った。

「人間が変えてしまったもんは、人間の力で元に戻すのが一番じゃ。手伝ってほしいんですけど、えいですか？」

「ええと、どうすれば……」

革手袋に包まれた指先が僕の手に触れた。思わず引っ込める。物部の指は、びっくりするほど冷たくて硬かった。

「ごめんなさい、僕……」

「えいえい。突然触って申し訳ない。ただ、拝んでほしいんですわ、手を合わせて、一緒に」

視線を斎藤先生に向ける。先生も、手を合わせている。

「ここで手合わせるんですわ。申し訳ない、申し訳ないことですわ」

物部は手を合わせ、深々と頭を下げた。

僕もそれに倣った。
ぬるいような風が頬を撫《な》でて、通り抜けていく。
何も見えないが、そこに何かいらっしゃるような気がした。

引用　『こども風土記』柳田国男

本書は角川ホラー文庫のための書き下ろしです。
また、本書はフィクションであり、実在の人物や団体、地域とは一切関係ありません。

極楽《ごくらく》に至《いた》る忌門《いみもん》

芦花公園《ろかこうえん》

角川ホラー文庫　24104

令和6年3月25日　初版発行
令和6年5月15日　3版発行

発行者———山下直久
発　行———株式会社KADOKAWA
〒102-8177　東京都千代田区富士見2-13-3
電話 0570-002-301（ナビダイヤル）
印刷所———株式会社KADOKAWA
製本所———株式会社KADOKAWA
装幀者———田島照久

ISBN978-4-04-114325-4　C0193

◆◇◇

角川文庫発刊に際して

角川源義

第二次世界大戦の敗北は、軍事力の敗北であった以上に、私たちの若い文化力の敗退であった。私たちの文化が戦争に対して如何に無力であり、単なるあだ花に過ぎなかったかを、私たちは身を以て体験し痛感した。西洋近代文化の摂取にとって、明治以後八十年の歳月は決して短かすぎたとは言えない。にもかかわらず、近代文化の伝統を確立し、自由な批判と柔軟な良識に富む文化層として自らを形成することに私たちは失敗して来た。そしてこれは、各層への文化の普及滲透を任務とする出版人の責任でもあった。

一九四五年以来、私たちは再び振出しに戻り、第一歩から踏み出すことを余儀なくされた。これは大きな不幸ではあるが、反面、これまでの混沌・未熟・歪曲の中にあった我が国の文化に秩序と確たる基礎を齎らすためには絶好の機会でもある。角川書店は、このような祖国の文化的危機にあたり、微力をも顧みず再建の礎石たるべき抱負と決意とをもって出発したが、ここに創立以来の念願を果すべく角川文庫を発刊する。これまで刊行されたあらゆる全集叢書文庫類の長所と短所とを検討し、古今東西の不朽の典籍を、良心的編集のもとに、廉価に、そして書架にふさわしい美本として、多くのひとびとに提供しようとする。しかし私たちは徒らに百科全書的な知識のジレッタントを作ることを目的とせず、あくまで祖国の文化に秩序と再建への道を示し、この文庫を角川書店の栄ある事業として、今後永久に継続発展せしめ、学芸と教養との殿堂として大成せんことを期したい。多くの読書子の愛情ある忠言と支持とによって、この希望と抱負とを完遂せしめられんことを願う。

一九四九年五月三日

異端の祝祭

芦花公園

一気読み必至の民俗学カルトホラー！

冴えない就職浪人生・島本笑美。失敗の原因は分かっている。彼女は生きている人間とそうでないものの区別がつかないのだ。ある日、笑美は何故か大手企業・モリヤ食品の青年社長に気に入られ内定を得る。だが研修で見たのは「ケエエコオオ」と奇声を上げ這い回る人々だった――。一方、笑美の様子を心配した兄は心霊案件を請け負う佐々木事務所を訪れ……。ページを開いた瞬間、貴方はもう「取り込まれて」いる。民俗学カルトホラー！

角川ホラー文庫

ISBN 978-4-04-111230-4

漆黒の慕情

芦花公園

この呪いからは、逃れられない。

塾講師の片山敏彦は、絶世の美青年。注目されることには慣れていたが、一際ねっとりした視線と長い黒髪の女性がつきまとい始める。彼を慕う生徒や同僚にも危害が及び、異様な現象に襲われた敏彦は、ついに心霊案件を扱う佐々木事務所を訪れる。時同じくして、小学生の間で囁かれる奇妙な噂「ハルコさん」に関する相談も事務所に持ち込まれ……。振り払っても、この呪いは剝がれない——日常を歪め蝕む、都市伝説カルトホラー！

角川ホラー文庫

ISBN 978-4-04-111985-3

ぼぎわんが、来る

澤村伊智

空前絶後のノンストップ・ホラー！

“あれ”が来たら、絶対に答えたり、入れたりしてはいかん――。幸せな新婚生活を送る田原秀樹の会社に、とある来訪者があった。それ以降、秀樹の周囲で起こる部下の原因不明の怪我や不気味な電話などの怪異。一連の事象は亡き祖父が恐れた“ぼぎわん”という化け物の仕業なのか。愛する家族を守るため、秀樹は比嘉真琴という女性霊能者を頼るが……⁉　全選考委員が大絶賛！　第22回日本ホラー小説大賞〈大賞〉受賞作。

角川ホラー文庫

ISBN 978-4-04-106429-0

ずうのめ人形

澤村伊智

この物語を読むと、四日後に死ぬ。

不審死を遂げたライターが遺した謎の原稿。オカルト雑誌で働く藤間は後輩の岩田からそれを託され、作中の都市伝説「ずうのめ人形」に心惹かれていく。そんな中「早く原稿を読み終えてくれ」と催促してきた岩田が、変死体となって発見される。その直後から、藤間の周辺に現れるようになった喪服の人形。一連の事件と原稿との関連を疑った藤間は、先輩ライターの野崎と彼の婚約者である霊能者・比嘉真琴に助けを求めるが——⁉

角川ホラー文庫

ISBN 978-4-04-106768-0

犯罪乱歩幻想

三津田信三

原典を凌駕する恐怖と驚き!

ミステリ&ホラー界の鬼才が、満を持して乱歩の世界に挑む！　鬱屈とした男性が、引っ越し先で気づく異変が不穏さを増していく「屋根裏の同居者」。都内某所に存在する、猟奇趣味を語り合う秘密倶楽部の謎に迫る「赤過ぎる部屋」。汽車に同乗した老人が語る鏡にまつわる奇妙な話と、その奥に潜む真相に震撼する「魔鏡と旅する男」など5篇と、『リング』と「ウルトラQ」へのトリビュートを収録。恐怖と偏愛に満ちた珠玉の短篇集。

角川ホラー文庫

ISBN 978-4-04-111063-8

子狐たちの災園

三津田信三

奇妙な“廻り家”で起きる怪異

6歳の奈津江は、優しい両親を立て続けに喪い、彼らが実の親ではなかったという衝撃の事実を知る。ひとりぼっちの彼女は、実父が経営する子供のための施設“祭園”に引き取られることになった。鬱蒼とした森に囲まれた施設には、“廻り家”という奇妙な祈禱所があり、不気味な噂が囁かれていた。その夜から、次々に不可解な出来事が起こりはじめる——狐使いの家系に隠された禍々しい秘密と怪異を描く、驚愕のホラー・ミステリ！

角川ホラー文庫

ISBN 978-4-04-112339-3

逢《あ》魔《ま》宿り

三津田信三

怪異と謎解きの驚異の融合!

結界が張られた山奥の家で、7つの規則を守り“おこもり”した少年が遭遇した奇妙な出来事が恐ろしい「お籠《こ》りの家」。物静かな生徒の絵が暗示する凶事に気づいた教師の記録と、それが指し示す真実に震撼する「予告画」。法事に訪れた田舎の旧家で、蔵の2階に蠢く“何か”を連れてきてしまった大学生の告白が不安を招く「よびにくるもの」など全5話を収録。怪異と謎解きの美しき融合に驚嘆する、三津田ワールドの粋を極めた最恐短編集。

角川ホラー文庫

ISBN 978-4-04-112338-6